狂い咲き正宗

刀剣商ちょうじ屋光三郎

山本兼一

朝日文庫

本書は二〇一一年九月、講談社文庫より刊行されたものです。

狂い咲き正宗　刀剣商ちょうじ屋光三郎●目次

狂い咲き正宗　刀剣商ちょうじ屋光三郎

狂い咲き正宗《まさむね》

一

梅雨あけの日盛りを、四谷《よつや》から芝日蔭町《しばひかげちょう》の店へと歩いた。

つい何日か前、相模《さがみ》の浦賀《うらが》に、黒船が四隻《せき》やって来たというので、江戸の町は、どこもかしこも落ちつかない。寄るとさわると、やれ、見に行っただの、すぐに戦《いくさ》がはじまるだのと、やかましいったらなかった。

途中、赤坂溜池《ためいけ》そばの水茶屋で休んだ光三郎《こうざぶろう》は、となりで声高に話す男たちを、怒鳴りつけた。

「みっともねぇ。騒ぎ立てるなよ。亜墨利加《アメリカ》人の思うつぼじゃねぇか」

「だけど、黒船には、ずらりと大砲がならんでいやがるんだ。あれをぶっ放されたら、江戸は、阿鼻叫喚《あびきょうかん》の無間《むけん》地獄になるぜ。どうしたって、助からねぇ」

片肌に竜の刺青《いれずみ》を見せた男が目をむいた。

「日本の侍にはな、刀があるんだ。刀があるかぎり、江戸が地獄にされてたまるもんか」

光三郎の膝のうえには、さっき四谷で受けとったばかりの刀が、黒木綿《くろもめん》の袋にいれて大切にのせてある。侍など、ちっとも信用していない光三郎だが、こんないい刀を打てる鍛冶《かじ》がいるなら、日本は、まだ大丈夫だと思っている。

光三郎の語勢がはげしかったからか、刺青の男は反論しなかった。銭を置いて、また暑い道を歩いた。埃《ほこり》にまみれて、がさついた気分で芝日蔭町まで帰ると、店のわきに黒塗りの駕籠《かご》が置いてあった。

「いったい、なんの用だい」

口のなかでつぶやいた。駕籠のそばで休んでいる二人の中間《ちゆうげん》に見覚えがある。つい心が身構えた。

〈御刀ちょうじ屋〉の暖簾《のれん》をくぐると、大事にかかえてきた刀袋を、番頭《ばんとう》の喜介《きすけ》にわたした。

「いつから来てるんだ?」

「はい、かれこれ一刻《とき》はお待ちです」

そろそろ、夏の日が西に傾こうという時刻である。奥の座敷で、じっと端座《たんざ》している人物を思い浮かべ、光三郎は首をふった。死ぬまで二度と顔を合わせることのないはずの男が、自分を待っている。

奥の井戸に行き、水をかぶった。

日射しで火照《ほて》っていた体が、井戸水で生き返った。妻のゆき江《え》が、新しい下帯と、白《しろ》絣《がすり》の着物を用意して立っている。

「暑いなか、お疲れさまでございました」

笑顔がすこしこわばっているのは、予期せぬ客の来訪に、どう対応してよいかわからないからだろう。

「若……、いえ、勝光《かつみつ》様。お待ちしておりました」

ふり向かなくとも、黒沢《くろさわ》家用人加納嘉太郎《かのうかたろう》の声だとわかった。光三郎は、半年前に黒沢の家を飛びだし、勝光という名は捨ててしまった。

いまは、刀剣商ちょうじ屋光三郎。四角く肩肘はった武家《ぶけ》の名前より、こっちのほうがよほど気に入っている。

「将軍家御腰物《おこしのもの》奉行様が、こんな小さな刀屋に、いったいなんの用だい。いい研師《とぎし》でも紹介しろっていうんなら、教えてやってもいいがね。ただし、町研ぎだぜ、うちと付き合いがあるのは」

光三郎は、からだを拭い、下帯を締めた。糊《のり》のきいた白絣に袖をとおすと、風がたもとを吹きぬけた。

「冷えた瓜《うり》でももらおうか」

井戸わきの床几《しょうぎ》に腰をおろし、わざと伝法に命じた。ゆき江がとまどっている。

「わ……、勝光様。殿様はずっとお待ちでございます。わがままをおっしゃらず、まずはご対面のほど、願わしゅう存じます」

「こっちに、用はないさ」

胸元をくつろげて、団扇《うちわ》をつかった。軒の風鈴が鳴っている。暑い一日だったが、日が落ちたらすこしましになりそうだ。

「さようなことをおっしゃいますな。なさけなや。歴《れっき》とした旗本《はたもと》のご嫡男が、なにを好きこのんで、町人にならねばなりませぬ」

「そんな小言《こごと》に来たのなら、帰ってくれ。聞く耳はないぜ。だいいち、いまの話は本末転倒さ。おれは、勘当された身。出て行けと怒鳴ったのは、親父のほうじゃねぇか」

「それは、若様が、あまりに意地を張られますゆえ……」

「意地を張ったのはどっちだい。おれは、おれの眼力《がんりき》を信用している。嘘《うそ》をついて目を曇らせなきゃ侍勤めができないってんなら、二本差しなんざこっちから願いさげだね」

加納が、月代《さかやき》の汗をふいた。すこし見ぬ間に、ずいぶん白髪《しらが》がふえている。

黒い絽《ろ》の羽織《はおり》を着た男が、井戸端《いどばた》にあらわれた。

「勝光、いや、ちょうじ屋の光三郎とやら、ちと、話を聞いてくれぬか」

光三郎の実の父親、黒沢勝義《かつよし》である。黒沢の家は、七百石取りの旗本で、若年寄御支配御腰物奉行をつとめている。

御腰物奉行は、将軍の佩刀《はいとう》はもとより、大名に下賜《かし》する刀剣、あるいは、大名から献上された刀剣をあつかい、刀の試し切りや、拵《こしら》えの彫金《ちょうきん》にまで目を光らせている。配下には、十六人の御腰物方と、十人の同心がいる。

「話っていうのは、刀の売り買いですか。それでしたら、お話をうかがいますよ」

父は、苦い顔をした。若いころは一刀流の道場で師範代をつとめたというが、いまは太り気味で、そんな昔話は、にわかには信じられない。

「さよう。この店の評判を聞いて、ちと内密に頼みがある」

「お買いいただけるならお客様でございます。座敷でうけたまわりましょう」

精悍《せいかん》な光三郎の顔がひきしまり、目に凜々《りり》しい光があふれた。刀の話となれば、聞かずにいられない。もとより、刀は大好きなのだ。

座敷で冷えた麦湯を飲むと、黒沢勝義が口を開いた。

「じつは、正宗《まさむね》のことなのだ」

「おっと、そいつは鬼門だ」

対座した光三郎は、思わず顔のまえで掌《てのひら》をひろげた。正宗の話など、金輪際《こんりんざい》、聞きたくない。

「いいですか、百万回でもいわせてもらいますがね、正宗なんて刀鍛冶は、この世にいやしなかったんですよ。正宗が天下の名工だなんて、あれはみんな後の世のでっち上げ。そのことは、さんざん議論したじゃありませんか」

光三郎の息が、つい荒くなった。「正宗」と聞くと、それだけで、はらわたがぐつぐつ煮えくりかえる。刀にまつわる醜悪なもののすべてが「正宗」に凝縮されていると思うからだ。

そもそも、光三郎が父勝義と大喧嘩《おおげんか》をして、黒沢の家を飛び出したのは、正宗が原因だった。侍を捨てて町人になる決心をしたのも、正宗が、侍社会の醜怪さをすべて背負っているからだ。

「いや、おまえの言いたいことは百も承知だ。しかし、今日ばかりは曲げて聞いてくれ。お城の本庄《ほんじょう》正宗が折れてしもうたのだ。なんとかせねば、わしは腹を切らねばならぬ」

「あれが、折れたのか……」

「物打《ものう》ちでポキリと折れた。あっけないものよ」

苦悶《くもん》の顔つきで脂汗をながす父に、光三郎は、いささか同情の念をいだいた。助ける、助けないはともかく、話くらいは聞いてみる気になった。

そして、なによりも、本庄正宗の末期《まつご》をくわしく知りたかった。

二

ことし、嘉永《かえい》六年（一八五三）の正月のことだ――。

江戸城本丸では、毎年正月十一日に、具足開き《ぐそくびら》をおこなう。

この日は、黒書院に具足とともに本庄正宗を飾るのが慣わしである。

本庄正宗は、かつて本阿弥光悦《ほんあみこうえつ》が、「正宗のなかでも、上作にて天下第一」と大絶賛した名刀だ。

戦乱激しい天正《てんしょう》（一五七三―九二）のころ、出羽《でわ》国庄内の本庄繁長《しげなが》が所有していたため、その名がついている。のちに秀吉が買い、島津義弘《しまづよしひろ》の手にわたり、家康に献上された。一時、紀州家に贈られたが、四代将軍家綱に献上され、ふたたび江戸城にある。将軍職御譲《おゆずり》道具の筆頭で、太刀《たち》というより、ほとんど神秘的な宝剣のあつかいをうけている。

そのころ、まだ御腰物方《おこしのものかた》に見習いとして出仕していた勝光は、具足開きの三日前、城内紅葉山《もみじやま》の蔵で、本庄正宗をあらためた。

拭《ぬぐ》い紙を口に嚙《か》み、一礼して白鞘《しらさや》を抜き払うと、丁子油《ちょうじあぶら》があまく香った。よく揉《も》んだ紙で油を拭い、打ち粉《うちこ》を打って、さらに丹念に油を拭い取った。

二尺一寸五分（約六十五センチ）。反《そ》りの浅い鎬造り《しのぎづくり》で、大磨上げ《おおすりあ》無銘の太刀である。

相州《そうしゅう》の刀らしく、小板目肌《こいためはだ》の地鉄《じがね》は、青い海のごとく冴《さ》えて明るい。大小の波濤《はとう》が大きく波打つ互《ぐ》の目《め》乱れの刃文《はもん》は、金筋《きんすじ》がかかってうなるほどみごとなのだが、勝光はおもしろくなかった。

目釘《めくぎ》をはずして茎《なかご》を点検した。しっとり落ち着いた鉄《かね》の味わいがあった。

茎を持ってさしだすと、腰物奉行の父は、うやうやしく受け取り、しずかにながめた。満足そうに、ゆっくりうなずいた。

奉行自身の手で白巻きの柄《つか》をはめ、鶴の足皮に葵《あおい》の紋を散らした鞘におさめた。しずかに刀掛けに置き、深々と礼をして、後ろににじり下がった。

父の背中に、勝光が疑念を投げかけた。

「なぜ、この太刀に、正宗と極《きわめ》がつくのでしょうか」

いつも「正宗」を見て感じることを、そのまま口にしていた。まわりにいた腰物方や同心たちが、息を呑《の》むのがわかった。

父の勝義が、怖ろしい顔でふり返った。眉間に深い皺《しわ》が寄っている。

「正宗の最上作ではないか。なにが不満だ」

「ええ、すばらしい御太刀だと思います。しかし、これは、相州鎌倉の住人正宗の作ではありますまい」

「これっ！　惑乱でもしたか」

父の鋭い叱責で、その場は、それ以上なにもいわなかった。

夕刻、番町《ばんちょう》の屋敷に帰ると、父に呼ばれた。不機嫌な顔でいいわたされた。

「徳川家伝来の宝剣本庄正宗が正真《しょうしん》でないなど、御腰物方として聞き捨てならぬ妄言《もうげん》。二度とそのような世迷いごとを口にするでないぞ」

勝光は、すぐに返事をしなかった。腕組みをして考えていた。

元服《げんぷく》して見習いとなってから今日まで、勝光は、御腰物方として、あまたの名刀に接する幸運にめぐまれた。江戸城内に保管されている刀剣はもちろんのこと、本阿弥の店に行けば、全国の大名から研《と》ぎに持ち込まれた名刀を、こっそり見せてくれた。それは、御腰物奉行としての父の威光があればこその僥倖《ぎょうこう》だった。

もとより、刀は大好きである。

よい刀を手にすると、一日中でも見つめていたい。

まずは、全体の姿をほれぼれとながめる。細く優美な平安から鎌倉初期の太刀。太く長く豪壮な南北朝の太刀。先反《さきぞ》りで短い室町末期の末古刀《すえことう》。時代がちがえば姿も変わるが、よい刀は、どの時代のものでもゆるみがなく気品があった。

それから目を近づけて地鉄《じがね》を味わう。柾目《まさめ》、板目、鍛えた地鉄が肌立つもの、冴えたもの、明るいもの、暗いもの。鉄の産地や鍛え方によって味わいもさまざまだが、それぞれに風韻《ふういん》がある。

そして、刃文《はもん》。しまりごころの直刃《すぐは》、おだやかな互の目《ぐめ》、やわらかく華やかにくずれる丁子などなど、名刀の刃文は、どれも匂い立つようで、見ていてまるで飽きない。よい刃文を凝視していると、天上から雲海をながめる恍惚《こうこつ》が味わえる。

刀を手にしていると、勝光は時間を忘れ、別世界に遊ぶ至福に酔いしれた。

数多くの刀を手にとって嘗《な》めるように見つめたので、勝光は、知らず知らずのうちに刀剣の目利《めき》きになっていた。

鑑識眼がつけばつくほど、ひとつの疑問が、固い結び目のようにほどけなくなった。

——正宗という刀鍛冶は、いなかったのではないか。

ほかの名刀ならば、見つめているうちに、刀匠の顔が浮かんでくる。

鷹揚《おうよう》な鍛冶、不器用ながらも几帳面《きちょうめん》な鍛冶、鍛錬を愉《たの》しんでいる鍛冶、苦悶している鍛冶《かじ》……。名物として伝来している刀を見つめていると、それを鍛えた刀匠たちの顔や、鍛冶場《かじば》での表情までがうかんでくる。

刀好きが高じて、勝光は、十代のなかばから刀鍛冶の仕事場に出入りするようになっていた。剣道場での稽古《けいこ》も好きだったし、腕も上がっていたが、鍛冶場は、もっと大好きだった。鍛冶の弟子たちにまじって、向鎚《むこうづち》を振るうのは楽しかった。横座《よこざ》（親方の座る火床《ほど》横の場所）にすわって、じぶんの思うままに刀を鍛えたことも一度や二度ではない。

鍛冶場での鍛冶たちは、祈るようにひたすら鎚《つち》をふるい続ける。汗のほとばしり、するどく重なる鎚音《つちおと》、飛び散る火花。作刀の苦心とみごとに打ち上がったときの歓喜――。

そんな鍛冶たちの表情こそが、それぞれの刀の魅力になっているのだが、正宗はちがう。正宗作といわれるたくさんの刀を見れば見るほど、鍛冶の顔がぼんやり霞《かす》んでしまう。

正宗は、ことに刃文が多彩である。華やかに乱れて狂おしいほどの作があるかと思えば、ゆったり大らかにのたれ、波打った作もある。何振《ふ》りもの正宗を見ていると、刀鍛冶としての「正宗」の輪郭が、かえっておぼろになってしまうのだ。いい刀であることはまちがいない。しかし、どう見つめ直しても、鍛冶の顔がうかばないというのが、不思議で面妖だった。

――正宗は、顔が見えない。

そのことは、何年も前から、折りにふれて父に話してきた。

「正宗という鍛冶は、じつはいないのではありますまいか」

「いや、たしかにおった。ほれ、これを見よ」

その話をするたびに、父が城内の書庫から持ちだしたのは、『観智院本銘尽《かんちいんぼんめいづくし》』という古い刀剣書である。正和《しょうわ》五年（一三一六）に書かれたというその筆写本には、たしかに「五郎入道正宗」の名が記されている。

「五郎入道正宗は、相州鎌倉の住人にして、新藤五《しんとうご》国光《くにみつ》の弟子、あるいは藤三郎行光《とうざぶろうゆきみつ》の子。そのことを疑《うたご》うて、刀の目利きができるものか」

父は毅然《きぜん》とした面もちで断じた。

――刀匠正宗の顔が見えぬのは、おれの未熟さか。

なんどもそう思い直し、気持ちをあらためて正宗と対面した。

城内の蔵と納戸《なんど》には、本庄正宗ばかりではなく、金森正宗、会津《あいづ》正宗、若狭《わかさ》正宗、観《かん》世《ぜ》正宗、早川正宗、武藤正宗など、何振りもの「正宗」が、厳重にしまってある。

手入れを口実に、終日それらの刀をながめているうち、勝光は、さらにもうひとつの結論に達した。

ためつすがめつ刀をながめ、よくよく考え直したが、その考えにまちがいないと確信したので、包み隠さず、父に話した。

「いまから五百年ばかりも昔、相州鎌倉に正宗という鍛冶がおったのは、たしかかもしれません。しかし、将軍家伝来の正宗は、いずれも正宗本人の作ではありませぬ。いってみれば偽物《ぎぶつ》です」

自邸の座敷であったが、父は立って、障子《しょうじ》を開け、いまの話をだれも聞いていないかたしかめた。

「おまえは、まだそのような世迷いごとを申すか。正宗は天下無双の名工である。そのことに、なんの疑いがあるものか」

父のこめかみが、はげしく痙攣《けいれん》していた。

「しかし、ではなぜ、正宗は、無銘ばかりなのでしょう。由緒正しき鍛冶であれば、おのれの自信作に銘を刻むのが当然ではありますまいか」

「正宗」と極めのついた刀は、ほとんどが無銘である。茎《なかご》に、作者の名が刻んでないのだ。

在銘のものは、短刀がわずかに数振り知られているにすぎない。それも、不思議なことに、みな書体が異なっている。

「長尺の太刀を磨上《すりあ》げたゆえ、銘が消えたのはいたしかたない」

古い時代の太刀や刀は、長いものが多かった。戦乱がおさまり、泰平の世となってみれば、長い刀は腰に余る。茎を短く切り落とし、二尺余りに短く磨上げるのは、ごく普通におこなわれた刀剣の改造であった。そのとき、やむを得ず銘が切り落とされてしまったのだと、父はいうのである。

「しかし、さほどの名工ならば、なぜ、なんとしても銘を残しませなんだ。方法はあったはずです。現に、磨上げの刀はいくらでもありますが、銘の残っているものが多いではありませぬか」

父は、黙した。

「古い書物を渉猟《しょうりょう》してみましたが、正宗が尊ばれるようになったのは、織田信長公のころからで、それ以前はほとんど名物として知られておりませぬ。徳川の世になってから、本阿弥家が、折紙《おりがみ》を濫発《らんぱつ》し、正宗が増えたものと存じまする。鎌倉の住人五郎正宗の正真かどうかは問わず、できのよい刀は、とにもかくにも正宗と鑑定するのが、本阿弥のやり方でございましょう」

怒ると思ったが、父は、案に相違して、しれっとした顔をしていた。

「相州伝の最上作は正宗と極めるのが、目利きの本筋である。一枚下がる作なら貞宗《さだむね》、それより下がれば信国《のぶくに》と見る。古来、そのように極めてきたのだ。なにもおかしいことはない」

貞宗は正宗の弟子、信国は貞宗の弟子だといわれている。実際にその刀工の作であるか否かは問わず、相州に伝わる技法で鍛えた刀のうち、できのよい刀を正宗、仮にほんとうは正宗の作であろうと、できが悪ければ貞宗と見るのが、鑑定の王道だということくらい、むろん勝光も知っている。

「そのようなまやかしをくり返すのは、すばらしい刀剣に対する辱《はずかし》めではありませぬか。貞宗のよいものは貞宗と極めればよい。信国なら信国と極めればよい。なんの問題があるというのです」

父は、口の端をゆがめた。

「なぜ正宗と極めるのか、その理由を知らぬおまえではあるまい」

こんどは、勝光が黙した。理由はわかりきっている。

正宗であればこそ、人が歓《よろこ》ぶ。人が欲しがるのだ。

ことに、大名たちは、みな正宗を欲しがる。正宗でなければ、満足しない。一万石ほどの大名にしても、一振りや二振りの正宗は所持している。いま、日本中に、いったい何千振りの「正宗」があることか。なかには、べつの銘があったのに、それを削り取って正宗に仕立てられてしまった刀も多いはずだ。

鎌倉に実在した刀工の五郎入道正宗本人は、もともとよい刀を打っていたのかもしれない。

しかし、異なる鍛冶の刀が、あれもこれも「正宗」とされてしまったので、刀鍛冶としての迫真的な個性が感じられなくなってしまったのだ。

「馬鹿な話です」

「馬鹿なとは、なんだ。おまえのように杓子定規《しやくしじようぎ》に考えていては、とても刀の目利きなどできぬぞ。上作は正宗とすればよいのだ。それが古来の鑑定法だ」

勝光は首をふった。

「それは、よい刀への辱め、侮辱です。わからぬなら、わからぬでよいではありませんか。鍛えた刀匠がわからずとも、名刀は名刀。刀の真価を目利きできぬ者まで、名刀をほしがるのが、そもそも間違っております。さような誤魔化しを許しているゆえ、徳川の屋台骨《やたいぼね》がゆらいでくるのでありましょう」

そこまでいいつのると、父の顔が朱に染まった。

「おまえはなんだ。旗本でありながら、御公儀をあしざまにいうか」

ここ数年、日本各地に異国船が出没しているが、幕閣たちは、なんら有効な手を打てずにいる。若い勝光には、それが歯がゆくてたまらない。

「いいえ、いわせていただきます。そもそも、刀は、人間の命をやりとりする尊厳あるべき道具。本阿弥風情《ふぜい》が、それを目利きの、鑑定のともてあそぶのが片腹痛いかぎり。だいたい、あの柳沢折紙、田沼折紙などというのは、なんでござるか。神聖なる武具を、賄賂《わいろ》の代わりに使うなど言語道断。さようなことを許しておるから、武士《もののふ》が堕落するのでありましょう」

常日頃から、おおきな不満を抱いていたことだけに、勝光の口調は激烈になった。

刀剣の鑑定は、本阿弥家が絶対の権威をもっている。

本阿弥家は、足利《あしかが》将軍以来、織田信長、豊臣秀吉、徳川家康に仕《つか》え、それから二百年以上たったいまも十二の分家が健在で、本家は徳川幕府から二百七石の禄《ろく》を得ている。

本阿弥家の出す折紙は、当初、まだしも信頼性があった。享保《きょうほう》(一七一六―三六)ころの本家十三代光忠までは、古折紙《ふるおりがみ》と称して尊重されている。

ところが、それから時代がさがると、はなはだ信頼性がなくなってしまう。

それは、刀剣が賄賂としてつかわれるようになったからだ。

賄賂の小判に眉をひそめる正義漢も、刀剣の贈答までは、口をはさまない。

そこで、刀を贈るときに一計を案じた利口者がいた。贈答のさいに添える本阿弥家の折紙に、たとえば、このように書いてもらうのである。

正宗
正真　長二尺一寸五分
代　金子《きんす》三百枚
享保五年霜月三日　本阿（花押《かおう》）

江戸もなかばを過ぎると、本阿弥家は、世の風潮にながされてしまった。美意識より、銭金《ぜにかね》を優先させたのである。

その刀が正真であろうがなかろうが、そんなこととは無関係に、本阿弥家では、折紙をつけ、高価な刀であることを証明した。

そして、後日、その刀と折紙を持った人物が店にやってくれば、そこに記されている金額で買い取った。

じつは、裏があった。

折紙を依頼した贈り主が、あらかじめその金額を本阿弥家に預けているのである。刀は神聖な武具としての意味をうしない、賄賂の隠れ蓑《みの》になりさがってしまったのだ。ちなみに、「金子」は大判のことで、三百枚ならば小判三千両に相当する。

勝光は、そのことがどうしても許せない。御腰物奉行の父もまた、同じ穴の狢《むじな》に思えてならなかった。ひいては、将軍家にしたがう旗本八万騎の武士すべてが、狡猾《こうかつ》な銭の亡者になりさがり、堕落しているように見えてならない。

刀剣の純粋な美しさを愛してやまない勝光にとって、武士は、刀以上に無垢《むく》で美しく凛《りん》とした存在であってほしかった。

息子の難詰に、父は激した。

「おまえのような青二才に謗《そし》られるおぼえはない。御公儀には御公儀の、武家には武家のやむを得ぬ事情がある。それを知らいで、なにをほざくか」

「しかし、朝日に匂う山桜花《やまざくらばな》の静謐《せいひつ》と無欲恬淡《てんたん》をもとめてこその武士でありましょう。銭に転び、異人さえ追い払えぬようでは、この国に明るい将来はありますまい」

「そのような暴言を吐く者、三河以来の由緒ある黒沢の家に置いておくわけにはいかぬ。いますぐ、とっとと出ていくがよい」

父と子の葛藤は、じつは何年にもわたって、澱《おり》となって鬱積していた。

その綻びが、ついに大きく裂けた。父の堪忍も、息子の忍耐も、すでに限界を越えていた。

「汚い武家には飽き飽きです。この家は弟の勝忠《かつただ》に継がせるがよろしかろう」

そういい残し、勝光は、番町の屋敷を飛び出した。

どこに行くか、あてはなかったが、足は自然に、芝日蔭町に向いた。

あたりは刀屋の多い界隈《かいわい》で、なかでも、ちょうじ屋という店が、勝光は気に入っていた。

小さいながらも、気持ちのよい刀をそろえている店で、主人の吉兵衛《きちべえ》は、穏和な目利きだった。父や本阿弥にたずねて解《と》けなかった刀についての疑問も、この吉兵衛に教えてもらい納得したことがいくつもあった。

いつものように上がりこんで、吉兵衛と刀の話をしているうちに、娘のゆき江が茶をはこんできた。十八のゆき江は、清楚《せいそ》で品がある。吉兵衛の一人娘で、すでに母を亡くし、婿を探していると聞いていた。

「そうだ。おれを、この店の婿にしてくれ」

「まさか、ご冗談を」

吉兵衛はとりあわなかったが、勝光は強引だった。

「侍なんて汚い生き方はごめんだ。おれは町人になる」

「町人は、もっと汚《きたの》うございますよ」

「裏がないぶん、百倍ましさ」

「いえ、町人にも裏はたっぷりありますとも。お武家の千倍も万倍も汚れております」

「おもしろい。それが世の中というものなら、かまうものか。おれは、凛と美しい刀に囲まれて生きていられれば、それで幸せだ。頼む、婿にしてくれ」

吉兵衛が許したわけではないが、勝光は、かってに光三郎と名乗って、店にいついてしまった。店には、まだ二十代の番頭が一人と、小僧が二人いるだけで、光三郎の手伝える仕事がいろいろあった。

何日かして、吉兵衛が、内々に番町の黒沢屋敷を訪てみると、用人の加納嘉太郎が困った顔であらわれた。父勝義の勘気は本物らしく、廃嫡《はいちゃく》の手続きも正式におこなったという。

婿の件を訊《たず》ねると、「勝手次第」との返事が返ってきた。

用人の加納は、勝光のことを心配していたが、勝義の怒りは激烈だとこぼした。しばらくようすを見たが、勘気の解ける気配は、まるでなさそうだった。勝光もまた、武家には毛の先ほどの未練もなさそうだ——。

春になって祝言《しゅうげん》をあげ、光三郎とゆき江は、夫婦《めおと》になった。

朝から晩まで刀にかこまれて、光三郎は幸せだった。

そして、夏になり、黒船がやって来て江戸の町が騒がしくなったかと思うと、こんどは父勝義の来訪だ。

しかも、あろうことか、あの本庄正宗が折れたのだという。

光三郎は、自分を追いかけてきた正宗の因縁《いんねん》話に、膝を乗り出さずにはいられなかった。

三

ちょうじ屋の奥座敷にすわった御腰物奉行黒沢勝義は、しきりと汗をぬぐっていた。庭に水を打ったので、風は涼をはらんでいるが、顔に脂汗がにじんでいる。

「このたびの黒船のことで、御城内はたいへんな騒ぎでな、じつのところ対応に苦慮しておる。百家争鳴、かまびすしいことかぎりないが、なんの手も打てぬのが情けない。そんななかで、上様に、刀について言上した者がおる」

かつては、つねに自信たっぷりにふるまっていた父だが、今日ばかりは、目に落ち着きがない。

「刀について、なにを言上したのでありましょうな」

「あまた押し寄せる異国船をうち払うには、なによりも、権現様以来の宝刀の御加護があらまほしい。ひとつ、試斬《しざん》で吉凶を占うてはいかがか、となった。それで、本庄正宗で、浦賀《うらの》堅物試《かたものだめ》しをすることになった」

「馬鹿な話だ……」

光三郎のつぶやきを、奉行はとがめず、うなずいた。

「まこと、つまらぬ思いつきだ」

いまの将軍家慶《いえよし》は、「そうせい様」と陰口をたたかれている。なにをいわれても、「そうせい」としか答えぬのである。しかも、病にふせっていて、直面する国難を乗りきるには、はなはだ心もとない。幕閣のだれかが、宝剣が妙力を発揮すれば……、と苦し紛れに思いついたのは、ただの景気づけにせよ、わからぬでもなかった。

「試し切りをして吉凶を占うとなれば、絶対に失敗はできぬ。切れなければ、徳川の家、日本の国を凶事がおそうということだ。そんなことがあってはならぬ。それゆえ、まずは、わしひとりの前で試させた」

堅物試しは、当節流行の荒業である。

兜《かぶと》、具足胴、陣笠《じんがさ》、古鉄《ふるがね》、鍛鉄《たんてつ》、鐔《つば》、鹿の角などを試し切りして、刀剣の強靭《きようじん》さを実証して誇ろうというのだ。巻き藁《わら》や死体斬《ぎ》りは、刃の切れ味をみるが、堅物試しはそれとは違い、刀剣の丈夫さを試すのである。むろん、おいそれと切れるものではない。しかし、よく鍛錬した刀を名手が手にすれば、かなり堅い物まですっぱり断ち切れる。

あの本庄正宗を、そんな馬鹿げたことにつかったのか——。

本庄正宗の姿も地鉄も刃も、光三郎のまぶたの裏に焼きついている。徳川家の家宝となるくらいだから、もとより悪い刀ではない。正宗の作ではないにせよ、すばらしい太刀であることにまちがいはない。ただ、いかんせん、激戦につかわれたので刃こぼれと切り込みの痕《あと》がある。

本庄正宗は、もともと酒田《さかた》の東禅寺《とうぜんじ》右馬頭《うまのかみ》所持の太刀であった。合戦のおり、右馬頭が、奇策を用いて本庄繁長《ほんじょうしげなが》に近づき、この太刀で頭上に斬《き》りつけた。

刃筋は真っ向をそれたが、明珍兜《みょうちん》の鉢を切り削《そ》ぎ、頬のわきについた吹き返しを切り落とした。そのとき、刃が欠けたのだという。

繁長は傷を負ったが合戦に勝利し、戦利品として、その正宗を手に入れたのだと伝えられている。

それにしても、あんな刃こぼれのある刀で、いったいなにを切ったのか、と、案じずにはいられない。

光三郎は、本庄正宗が気の毒になった。あの太刀は、もともと満身創痍《そうい》ではないか。

「むちゃでしょう……」

御腰物奉行がうなずいた。

「上様が、そうせいとおっしゃれば、やらねばなるまい。徳川の命運、日本のこれからを占う試し切りだ。わしは、まず、山田《やまだ》と二人だけで、竹を入れた藁《わら》を試した。そのときは、なんの問題もなかった」

細めの青竹を芯に巻いた藁は、それで、人間の胴ひとつ分として勘定する。いくら傷があるといっても、そんなものを切るなら、まったく問題はなかろう。

「鹿の角を試したときだ。山田の刃筋がちょっと狂った」

山田というのは、浅右衛門《あさえもん》のことだ。将軍佩刀の試し切りは、山田家代々の浅右衛門の仕事と決まっている。ふだんは、伝馬町《てんまちょう》の牢屋《ろうや》敷《しき》で罪人の首を刎《は》ねているが、罪人の屍《しかばね》を斬って、刀の切れ味を見るのは山田の仕事だ。

いまの七代浅右衛門吉利《よしとし》は、先代の娘婿だが、腕はそれなりにたしかである。ただ、俳句や絵、華道などを好み、いささか奇矯《ききょう》なところのある人物だった。一筆書きで富士山を描くのが得意で、ちょうじ屋のすぐそばにある芝明神の境内に、土を盛って丘ほどの富士山を造らせたのはこの男である。高額の謝礼をもらって刀の試し切りを請け負うので、金はたくさんもっている。

旗本たちの刀ならば、何千本も試した浅右衛門だが、さすがに本庄正宗となると、緊張の度合いが格段にちがったのかもしれない。あるいは遊芸にうつつをぬかしているうちに、腕が落ちたのか。

「キンと音がしてな……。あっけないものだった」

「どうなったのです」

「みごとに物打ちで折れたわい。刀の負けじゃ。見るがよい」

物打ちは、刀の切先《きつさき》三寸から八寸のあたりをいう。そこで敵を斬るのだ。

御腰物奉行が、わきに置いた黄色い鬱金《うこん》染めの刀袋から、白鞘を取りだした。受け取った光三郎は、一礼して、鞘を抜き払った。

たしかに、一尺あまりの根元だけ残して、本庄正宗は、あっけなく折れていた。切断面が、鼠色《ねずみ》にくすんでいる。ちょうど、刃こぼれのあったあたりだ。かつて、明珍の兜を切り削いだとき、じつは、とても大きな打撃を受けていたに違いなかった。

べつに差し出された鹿革の包みを開くと、折れた部分があった。

光三郎は口惜《くや》しくて、目が涙で潤《うる》んだ。乱戦をくぐった名刀に、無茶をしたのは大馬鹿者だ。

「それで、わたしにどうしろとおっしゃいます。わからぬように、飯粒でつけますか」

御腰物奉行は、いやな顔をした。

「いや、これと同じ正宗がほしい。だれが見ても、正真の本庄正宗と極《きわめ》のつくまったく同じ刀ができぬものか」

ふっ、と、光三郎は笑った。

「さようなことのできるはずがありませぬ」

「なんとかしてくれ。おまえなら、できるはずだ。この本庄正宗が折れたことは、わしと山田しか知らぬ。できるだけ早くそっくりの太刀がほしい。すぐにも上様の御前《ごぜん》で、試し切りをせねばならぬのだ」

たしかに、本庄正宗が折れたとは、口がさけても言い出せまい。御前での試斬は、予定通りおこなわなければならないはずだ。

頭をさげた父を見て、光三郎は、腕を組んで考えた。

――この父は、見くびれない。存外、利口なのかもしれない。

「なぜ、それをわたしに相談なさいます」

こんどは、奉行が苦笑する番だった。

「本阿弥から聞いておる。おまえの店からは、とんでもない掘り出し物が出てくるそうだな。名物帳《めいぶつちょう》に名はあっても、行方知れずとなっていた名刀を、何振りも、本阿弥に持ち込んだというではないか」

「はい。あちこちの神社や御屋敷にうかがって、蜘蛛《くも》の巣も埃もいとわずに、蔵のなかを拝見させていただいておりますれば、運良くそのような名物にも出逢えました」

すべてわかっているといわんばかりの薄笑いを、御腰物奉行がうかべた。

「わしの目が、ただの節穴とでも思うておるか。そこまで間抜けではないぞ」

町場の刀屋となって半年のあいだに、光三郎は、いやというほど、刀の世界の裏を見た。

町の刀屋たちが、どうしようもないなまくら刀を、どうやって名刀に仕立て上げるか――。目の利かぬ侍たちが、いかにころりと騙《だま》されるか――。それから比べたら、本阿弥の濫発した折紙など、児戯にひとしいとさえ思うようになっている。

この半年で、光三郎の人生観は、大きく変わった。

変わらぬのは、美しい刀剣を愛する気持ちだけである。

「おまえなら、本庄正宗が用意できるはずだ。わしは腹など切りたくない。できるだけ早く、本庄正宗を用意してくれ」

対座する二人の視線がぶつかった。

光三郎は返事をしなかった。しばらくして、奉行が両手をついて頭をさげた。

「頼む……」

そこまでされて、光三郎はうなずいた。

「承知いたしました。お引き受けいたしましょう。ただし……」

「なんだ……」

「お代を五千両ちょうだいいたします」

「それは高すぎる」

「高くはありますまい。正真の正宗ならば、三千両が相場。それ以上の刀を用意いたします。それに口封じのお代が二千両。びた一文、値引きするつもりはございません。黒沢家にそんな大金がないのは承知しておりますゆえ、即金とは申しませぬ。お支払いは相談にのらせていただきましょう」

沈黙のあと、奉行がたずねた。

「まことによい本庄正宗が用意できるか。瓜二つのものができあがるか」

光三郎が手を叩《たた》くと、番頭が顔を見せた。

「さっきの刀を持って来てくれ」

すぐに、白鞘が一本、座敷に持ち込まれた。光三郎が、いましがた四谷から大切に持ち帰った刀である。

「ごらんください」

鞘を抜き払った奉行が、息を吞んだ。顔が驚いている。

「これは……」

「そういう正宗もございます。正宗以上の正宗でございましょう」

奉行の目が、刀身《とうしん》に吸い寄せられている。

「それを鍛えた鍛冶ならば、見た目ばかりでなく、斬れ味も正宗以上。明珍の兜さえ、一刀のもとに断ち割りましょう。よい本庄正宗を鍛えますとも」

長い時間、御腰物奉行は刀を見ていた。目を近づけ、あるいは、外の陽にかざして刃文をながめた。やがて、つぶやいた。

「これが、噂《うわさ》に聞く四谷正宗か。初めて見るが、なるほどよい刀だ」

光三郎は、父をちょっと見なおした。

「なかなか目がお利きになる」

当節、名工として評判の高い山浦清磨《やまうらきよまろ》の作は、「四谷正宗」と呼ばれ人気になった。四谷伊賀町《いがまち》に住んでいるからそんな名を付けられたのだが、本人は苦笑している。正宗ごときに比されるのが、はなはだ不満なのである。

「これだけの刀が打てる鍛冶だ。本気になれば、本庄正宗を寸分のちがいなく写すだろう。しかし、清磨という鍛冶は、酔いどれで、もはや、刀など打てぬと聞いておる。まだ打てるのか」

「わたしが頼めば、引き受けてくれまする」

「ふむ……」

奉行は、じっくりと四谷正宗をながめている。よほど気に入ったらしい。

「いかがですかな、五千両」

「おまえというやつは……」

御腰物奉行は、苦い顔をさらに苦くして、しぶしぶうなずいた。

四

嘉永六年の夏は、暑い日が続いた。

陽が沈んであたりが暗くなってから、光三郎は番町の黒沢屋敷を訪ねた。

母親と用人の加納嘉太郎が出てきて、すぐ涙顔になった。

「勝光……」

「わたくし、こちらの御屋敷とは、縁もゆかりもない刀屋の光三郎でございます。刀の御用でうかがいました。お殿様にお目通りをねがいます」

「兄者は、頑《かたく》なすぎます。わたしは、兄者ほど刀に目は利きません。黒沢の家を継げなどと押しつけられて、途方にくれております」

弟の勝忠があらわれて、不満げな顔を見せた。弟は、絵を描くのが好きで、絵師になるつもりで修業をしていたのだ。兄が家を出たので、絵の道を断念して、黒沢の家を継がねばならなくなった。そのことは、光三郎ももうしわけないと思っているが、絵は道楽でやればよかろう。

「なに、御腰物奉行など、目が利かぬほうがよろしゅうございますとも。なまじな目利きになってしまいますと、職分をまっとうするのが、かえってつらくなりましょう」

それは、本心だった。なまじ目が利くばかりに人間の汚さが見えてしまう。いや、自分だって、もうたっぷり汚い。

座敷に通され、父にていねいに挨拶した。むろん、刀屋としてである。

「ご注文の太刀が打ち上がりました」

刀袋から取りだした白鞘を、前に置いた。

御腰物奉行が、鞘を払った。

柄《つか》の端を握って、刀をまっすぐに立て、全体の姿を見ている。反りの浅い姿に満足すると、灯明《とうみょう》をひき寄せて、地鉄《じがね》を精査している。

板目の肌は、渦の巻きかげんが本物そっくりで、焼き入れのときにできる沸粒《にえつぶ》の冴え具合も絶妙である。刃文の互《ぐ》の目《め》乱れの調子も本物と同じなら、むろん、刃こぼれも、鎬《しのぎ》の切り込み痕もまったく同じだ――。

長い時間、奉行は刀を見ていたが、やがて、鞘におさめて溜息をついた。

現物をふたつならべて見れば、地鉄や刃文の微妙な違いはわからぬでもないが、記憶だけで見る者、あるいは、光悦の押形《おしがた》（茎《なかご》、および刀身の形状を写し取った図）で見比べる者には、区別がつかないであろう。

「よくぞここまで似せたもの。いや、正直なところ感服した」

「いえ、似せたのではありません」

「どういうことだ」

「鍛冶が同じ気持ちで、鍛えたのです」

「さて、みょうなことをいう」

「本庄正宗は、心気陽性にして心根《こころね》の悠然とした鍛冶が打った太刀です。何回折り曲げて鍛錬したか、どのような形に焼《や》き刃土《ばづち》をのせたか。もとの刀を見ていれば、わたしには、その仕事ぶりが浮かびます」

「鍛冶にでも、なったつもりか……。まあよい。これならば、だれにも見分けはつくまい。礼をいうぞ」

「いいえ、これは商売。お礼は、こちらから申し上げましょう。いずれ、お約束どおりの代価をいただきます」

光三郎が頭をさげると、御腰物奉行は、苦いものでも呑むようにうなずいた。


その二日後、将軍の御前で試し切りがおこなわれた。

光三郎は、本阿弥家十九代当主光仲の手代として立ち会った。

江戸城本丸黒書院の奥で、将軍家慶は、弱々しく、積み上げた布団にもたれていた。遠くからちらっと見えただけだが、暑気で、病が昂進《こうしん》しているのであろう。いつ事切れてもおかしくないほどの衰弱ぶりだった。

中庭の白州に、すっかり仕度《したく》がととのっている。

居ならんでいるのは、老中ら少数の幕閣だ。

——さようなくだらぬ真似《まね》を。

と、言い出すのもはばかられたため、しぶしぶ立ち会っている風であった。異国船のうち払いに、なんの有効な手段もない現状では、宝剣の切れ味を見るのも一興《いっきょう》にちがいない。

鹿の角と南蛮《なんばん》兜が用意してある。

「兜に細工をしておいたほうがよかろうな」

刀を届けたとき、御腰物奉行にそう耳打ちされたが、光三郎は首をふった。

「とんでもないことでございます。本庄正宗はまぎれもなく天下の名刀でございますとも。山田殿が刃筋さえ狂わせなければ、南蛮兜などは、一刀両断にいたしましょう。なんの細工も仕掛けもないところを、上様と立ち会いの皆様に、ぜひともご覧いただいてくださいませ」

奉行は迷ったが、細工をしなかった。一刀両断せずとも、深い切り込みがはいれば、それでよかろう。とにもかくにも、刀が折れなければよいのだ、と考えた。

山田浅右衛門には、事前に新しい本庄正宗を見せた。化け物でも見るような驚いた顔で、あちこちながめていたが、ちいさくうなずいた。

「よくぞ、こんな瓜二つの刀が打てましたな。これなら大丈夫でしょう。まちがいなく兜が切れます。まことによい太刀です。いや、本物の本庄正宗以上の刀かもしれませぬ」

試しに鹿の角を切ってみると、みごとにすっぱりと断ち切れた。

「兜さえしっかりと固定してあれば、真っ二つにしてご覧にいれます。新作刀とあれば、こちらの手元も狂いませぬ」

万が一、あらたな刃こぼれの生じるのを警戒して、兜では試さなかった。

当日、まだ巳《み》の刻《こく》(午前十時)にならぬというのに、太陽がじりじりと白州に照りつけ、陽炎《かぎろい》がゆらいでいた。

弟子に持たせた鞘から、浅右衛門が、静かに「本庄正宗」を抜きとった。

三度、素振りをした。白襷《しろだすき》をかけ、袴《はかま》の股立《ももだ》ちをとった浅右衛門の姿は、弓のようにしなやかだった。

真っ白い太陽が、刀身に強く煌《きら》めいた。いかにも冴えた魅力に、列席の幕閣たちが、拳《こぶし》を強く握った。だれもが、息を呑んで見守った。

太く猛々《たけだけ》しい鹿の角が、台に立てて据えてある。

浅右衛門は、右上段に振りかざすと、ゆっくりとふたつ呼吸してから、袈裟《けさ》に切り下ろした。

一瞬の間があって、角がごとりと音を立てて落ちた。

黒書院と庭の白州に歓声がわいた。

家慶は、無表情のままだった。

鹿の角の横、土を盛り上げて突き固めた台に、南蛮兜が置いてある。

兜の正面に立った山田浅右衛門は、間合いを測ると、草履《ぞうり》をぬいだ。二度、その場で足をすって、真っ向最上段にかまえた。

太陽を切り裂くほど凄烈《せいれつ》な気合いとともに、一刀が振り下ろされた。

兜は――。

だれもが、息苦しい思いだったに違いない。

その場の空気が、それだけ緊迫していた。

浅右衛門の弟子が駆け寄り、兜を頭上にかかげた。

両手が開いた。

兜は、みごと二つに断ち割られている。

幕閣たちがどよめいた。

「みごとである。さすが、神君家康公の御遺徳が生きておるわい」

「さよう。吉兆と出た。夷狄《いてき》など、なにほどの怖れもあるまい」

明るい声がひびいたが、将軍家慶は、じっと青い顔をしたまま、うなずきもしなかった。

五

御前での堅物試《かたものだめ》しに、心胆を冷やしたのでもあるまいが、将軍家慶の病状は急速に悪化し、その夜のうちに身まかった。

喪の発せられたのが、ひと月後の七月二十二日。

ちょうどその日、ロシアの黒船が長崎にやってきたとの報《しら》せが江戸に届いたので、千代田の城は、蜂の巣をつついた騒ぎである。

そんな七月末のある黄昏《たそがれ》時、御腰物奉行黒沢勝義が、番町の屋敷で脇息《きょうそく》にもたれ、くたびれ果てた気分でもの思いに耽《ふけ》っていると、用人の加納が、来客をつげた。

「刀屋がまいりました」

「刀……」

「ちょうじ屋光三郎にございます」

どのみち、金の話であろう。居留守をつかうことも考えたが、支払いの件は相談にのると、むこうからいっていた。面談くらいは、せねばなるまい。

座敷にはいってきた刀屋は、たしかに自分のせがれだった男に違いないが、勘当したいまは、まったくの他人である。

紋切り型の挨拶のあと、刀屋が単刀直入に切りだした。

「本日は、売り掛けとなっております金五千両を頂戴《ちょうだい》にうかがいました」

「五千両などという金子《きんす》が、当家にないのは、他人ながら、そのほうも存じておろう。どのように売り掛けを払えというのだ。支払いは相談にのるというておったな」

「はい。そのことでうかがいました」

「ない袖は振れぬ。しかも、いまは上様の喪に服したばかりで、城内ははなはだ取りこんでおる。しばらく待ってもらいたい」

「いえ、五千両は、やはり、すぐにもいただきとうございます」

「しかし、ないものはない。どう算段しても、五千両など、すぐに用意できるものか」

光三郎は、不敵な笑みをうかべた。

勝義は、このせがれがまだ幼いころから、心根《こころね》にひそむ見透かしがたい深淵《しんえん》を感じていた。字も覚えぬ前から、どういうわけか刀が好きで、一日中でも刀を見つめていることがあった。

——刀はながめるものではない。振るものだ。

と、一刀流の稽古をつけたが、さして身が入らない。剣術より、刀そのものがもつ摩《ま》訶《か》不思議な力に憑《つ》かれ魅了されているようだった。

長じて、御腰物方見習いとして、出仕の準備をさせたが、刀剣の美に耽溺《たんでき》することはなはだしく、わがせがれながら、いささか狂気をはらんでいるのではないかと思うことがしばしばだった。

好きなだけに、刀剣の鑑定眼は鋭く、どんな刀でも、茎《なかご》を見ずに正確に刀工の名を当てることができた。ほうっておけば、一日中でも、蔵や納戸に籠《こ》もって刀を見ている。そして、本阿弥の折紙とちがう鑑定を口にするようになった。

おだやかに諫《いさ》めたが、頑なせがれは、いくら忠告しても、自分の鑑定を曲げず、いうことを聞かない。それがまた、かなりの部分、理にかなっているし、納得もできるので、父としても反論できなかった。

若さゆえの直情かと思い、しばらくは見過ごしにしてきたが、正宗がいなかったなどという暴言を吐くにいたっては、とてものこと、黒沢の家に置いておくわけにはいかなかった。こと刀に関しては、幼時から頑迷で一本気なせがれであったゆえ、こんな結末も必然に思えてくる。それほどに、わがせがれは、刀剣の魔に取り憑かれている。

せがれだった男は、粘りつくような目で父を見つめ、口を開いた。

「将軍様御佩用《ごはいよう》の備前長船長光《おさふねながみつ》と来国光《らいくにみつ》は、そろそろ研《と》ぎをおかけになったほうが、よろしゅうございましょう」

その二振りは、本庄正宗とならんで、将軍佩用の宝剣だ。

「いきなり、なにをいいだす」

なぜそんな話をもちだすのか、勝義には、さっぱりわからない。

「あの二振り、じつに名刀でございます。あまりの美しさに惚《ほ》れこみ、じつは、わたくし、御腰物方にあるまじき仕儀ながら、以前にこっそり持ちだしてしまいました」

「なんだと……」

「しかし、やはり反省することしきり。悪いことはいたさぬほうがよろしいもの。あまりに夢見が悪うございますので、お返ししたほうがよいと存じまして、本日、持参いたしました」

刀袋から、光三郎が白鞘を二本取りだした。

勝義が抜いてあらためると、夜の灯明にも、一振りは長光、一振りは国光に間違いない。柄をはずすと、茎《なかご》の銘には古色がある。正真正銘の本物だ。

冷水《ひやみず》を浴びせられた気分だったが、しばらく刀をながめているうちに、血がたぎってきた。勘当するのが、遅きに失したようである。こんなせがれは、もっと早く放逐するべきだったのだ。

「おまえという男は……」

斬って捨てようと、奉行は、裸の茎を握りしめて国光を振りかぶったが、そのまま、はたと動けなくなった。

また、刀身を灯明にかざしてながめた。

何度も、首をかしげた。

「まさか……」

「なにを、疑っておられます」

「しかし……」

「それは、正真正銘の国光でございますとも」

「馬鹿な……」

「そちらは、長光でございます」

勝義は、何度も刀を取り替えて見つめ、首を振った。

「信じられぬ」

くっくっと、光三郎が笑った。

「世の中というのは、じつに面白うございますな。裏の裏に、また裏がある。お武家ほど単純で騙されやすい生き物は、この世におりますまい。権現様以来、二百五十年も、無駄飯を世の中に食わせてもらっていたのですから、目が曇るのもいたしかたありますまい」

「わしには、信じられぬ。世の中に、こんな偽物《ぎぶつ》があるか」

落ち着いて考えてみれば、これが本物であるはずがない。いかに御腰物方といえども、将軍の佩用刀を、人知れず城内から持ちだすのは不可能だ。

「偽物ではございません。それこそ、正真正銘の長光と国光。ほかに、なんと極めをつけられます」

「しかし……」

勝義は、我知らず、肩で息をしていた。脂汗が、全身から吹きだしている。

「とにもかくにも、わたしは伝来の重宝《じゅうほう》を持ちだした罪をつぐなわねばなりませぬ。ここにある二振りの本物を、あるべき場所に返していただきたい。その咎《とが》として五千両は帳消しにさせていただきます」

「これが本物だというのなら、城にあるのはなんだ」

「偽物でございますとも。わたしが、以前にこっそり持ち込んだ贋作《がんさく》でございます。あんな偽物がお城にあってはいけませぬ。わたしにお返しくださいませ」

「あのようにできのよい偽物があってたまるか」

「では、この二振りは、なんと極められます」

勝義は、言葉を詰まらせた。頬の肉が痙攣してとまらない。

「四谷の清麿のことは調べさせた。やはり、酒毒で刀など打てぬというではないか。いったい、だれが本庄正宗や、この国光、長光を打ったのだ」

光三郎が、深くうなずいた。

「四谷を調べた方は、なんとおっしゃっておいででした?」

「清磨は中気病《ちゅうきや》みのように手が震えておるそうではないか」

「それは、うかつなお調べ」

光三郎が首を振った。

「なんだと」

「いまのところ清磨親方は、たしかに、刀は打っておりませぬ。しかし、よい弟子がおりましてな」

「弟子は、みな逃げ去ったというぞ」

「いえ、ちかごろ、二人、新しく入門いたしました」

父は、勘当したせがれを強い視線で見すえた。目の前にいても、人の心の底を見通せぬのがもどかしい。

「まさか……」

「おかげさまで、わたくしは、幼いころから刀の精髄をたっぷり吸わせていただきました。目を閉じれば、どの名刀でも、くっきりと姿が浮かびます。古今の鍛冶たちの霊力が、わたくしの肉体に乗りうつった気さえしております」

「馬鹿な。おまえのような素人《しろうと》に、かような刀が打てるものか」

「もちろん、わたしは鎚《つち》さえ満足に振れぬ新弟子にすぎませぬ。ただ、よい兄弟子がおりましてな」

「兄弟子……」

「大慶直胤《たいけいなおたね》の弟子で、鍛冶平《かじへい》という者がおります。じつに器用きわまりない男」

鍛冶平は、本名を細田平次郎直光《ほそだへいじろうなおみつ》というが、小遣いかせぎに偽銘を切るので、直胤に破門《はもん》された小悪党だ。

「しかし、いかに器用な鍛冶とて、古刀《ことう》の地鉄《じがね》は再現できぬであろう」

平安、鎌倉から室町末期までの古刀と、徳川の御代《みよ》になってからの新刀《しんとう》が、相違しているのは、姿もさることながら、地鉄の味わいである。

古刀の地鉄は力強く、滋味にあふれ、味わいが深い。新しい刃鉄《はがね》では、どのように工夫しても、なかなかそこまでの味が出せない。姿形は、いくらでも古刀の真似ができるが、鉄の味ばかりは、そうはいかない。

「むろん、まったく同じとはまいりませぬ。しかし、本阿弥家でも、この二振りには、長光、国光の折紙を出しましょう」

光三郎の目に、不敵な光を読みとって、御腰物奉行黒沢勝義の全身に、強い悪寒が走った。この男は、刀の精が変化《へんげ》した魔物に相違ない。

「正宗というのは、希代《きたい》の名工でございますな。わたくし、ちかごろ、ようやくその真価がわかってまいりました。正宗こそ、刀剣の美の神髄、六十六州の刀匠どもの誉《ほま》れでございますとも」

「…………」

着物が、汗でべっとり背中にはりついている。勝義は、心の臓を鷲《わし》づかみにされる苦悶を味わっていた。

「いまのへなちょこ刀工が、いかに似せて打ちましても、正宗はおろか、長光、国光にさえ遠くおよばぬもの。お城に偽物などあってはなりませぬ。だれにも知られぬうちに、どうか、こっそり、この本物とお取り替えくださいませ。いまなら、それができましょう」

光三郎の言葉で、勝義は金縛りにかかったように動けなくなった。

庭で秋の虫たちが、やかましいほどに鳴いている。

いつまでも、鳴きつづけている。

心中むらくも村正《むらまさ》

一

光三郎《こうざぶろう》は、四谷《よつや》の御門を抜け、番町《ばんちょう》を歩いていた。

八月はじめの朝の空はよく晴れて、まだ蟬《せみ》がうるさいほど鳴いている。それでも、猛暑のころとは蟬の種類がちがっている。人目をはばかる頰被《ほおかぶ》りさえしていなければ、ゆっくりと耳を傾けて歩きたいところだ。

界隈《かいわい》には、町の名のとおり大番組旗本《はたもと》の屋敷が多い。

一朝ことあらば、将軍の先手《さきて》となって駆ける組だけに、町の空気がひきしまっている。この六月、ペルリの黒船が来て開国を迫ってから、旗本たちは気持ちが尖《とが》っているだろう。

ずらりと長屋門がならんだ番町のなかほどに、御腰物《おこしのもの》奉行黒沢勝義《くろさわかつよし》の屋敷がある。

　光三郎は、くぐりの戸を叩《たた》く手を止めて考えた。

　――勘当したおれに、いったいなんの用だ。

　ほんとうなら敷居をまたぐことのできない家だが、六月には父が難題をもちかけてきて、関わりができてしまった。もう来ないだろうと思っていたら、きのうまた、屋敷に顔を出すようにと、芝《しば》のちょうじ屋に使いが来た。来たのは、黒沢家用人の加納嘉太郎《かのうかたろう》であった。子どものころから馴染《なじ》んできた加納に頭をさげられると、光三郎は断れない。父の顔など見たくなかったが、しょうことなしに承諾した。断れば、加納は毎日でもちょうじ屋を訪ね、どうしても埒《らち》が明かぬとなれば腹を切りかねない。

「お願いもうします」

　木戸を叩くと、門番がこたえた。

「どちら様でしょうか」

「芝日蔭町《ひかげちょう》のちょうじ屋でございます」

　すぐに、くぐり戸が開いた。光三郎は、頬被りをとった。

「若様……」

　六尺棒を持った中間《ちゅうげん》は、腰の曲がった辰爺《たつじい》であった。光三郎を見ると、辰爺は顔をくしゃくしゃにした。

「よしてくれ。若様なんて呼ばれたんじゃ、この門から一足だって入れねぇ。おれは、芝日蔭町の刀剣商ちょうじ屋光三郎だよ」

「なんとも、おいたわしい……」

「ちっとも、いたわしくなんかないぜ。おれには、こっちのほうがよほど性に合ってるさ。毎日楽しく商《あきな》いしてるよ」

家を飛び出すまで、光三郎は、御腰物奉行の父の下で、御腰物方として御城内本丸焼《たき》火《び》の間《ま》に出仕していた。

しかし、刀の目利《めき》きのことで、どうしても腹にすえかねることがあって父と衝突し、家を出た。未練などまるでない。勘当はむしろ、望むところだ。体面ばかり取りつくろうくせに、裏では、おのれの保身しか考えない旗本侍の汚さ、卑《いや》しさに辟易《へきえき》していた。

「旦那《だんな》様は、おいでてでございましょうか」

わざとへりくだって、頭をさげた。

「もちろんでございます。お待ちですよ」

玄関から上がらせようとする辰爺の袖を引いて、わきの入り口にまわった。小商いの刀剣商には、そこがふさわしい。

用人の加納に迎えられ、奥の書院に通った。ふすまは開け放してある。

風通しのよい座敷に端座し、父の勝義は、抜いた脇差《わきざし》をながめていた。書院から見える庭は、飛び出した日の朝と、なにも変わっていない。池があり、松があり、灯籠《とうろう》が立っている。

「刀屋がまいりました」

顔をあげた父親が、うなずいて、手にしていた脇差を黒塗りの鞘《さや》におさめた。

座敷に入って平伏した。

「日蔭町のちょうじ屋でございます。お呼びにより参上いたしました。どのようなご用向きでございましょう」

勝義がうなずき、膝の前の脇差に眼を落とした。

「まあ見てくれ。そのほうなら、なんと目利きする？」

「拝見いたしましょう」

膝を進めて両手で押しいただき、まずは、拵《こしら》えを見た。

古びた黒塗りの鞘である。ところどころ疵《きず》があり、剝《は》げてもいる。手垢《てあか》になずんだ地味な黒糸巻きの柄《つか》に、目貫《めぬき》は銅の瓢簞《ひょうたん》。なんの愛想《あいそ》もない平たいだけの鐔《つば》。いたって安い拵えだ。

鞘を抜きはらった。

一尺八寸の脇差だ。

腕を伸ばし、脇差をまっすぐ立てて驚いた。

首をかしげたが、よく見てもなお、まちがいない。

「これは、めずらしいものを見せていただきますな。どういう事情か存じませぬが、御当家に、このような脇差があるとは、面白うございます」

腰で反《そ》った姿はむしろ優しい。地鉄《じがね》はわずかに肌立ち、かすかに白っぽい。刃文《はもん》は皆焼《ひたつら》。粘土を薄く塗っただけで焼き入れしてあるので、鎬《しのぎ》や棟《むね》にちかいところまで焼きが入り、湧き上がる群雲《むらくも》のような匂いの粒がひろがっている。

雲のなかに立つほどの景色で、印象はまことに妖《あや》しい。

「さすが妖刀と言われるだけのことはございます。この皆焼は、見ているだけで、人を斬《き》りたくなってくる。血を見ずには鞘に納まらぬ脇差でございましょう。伊勢《いせ》桑名《くわな》住の千子《せんご》村正《むらまさ》。……しかも、これは初代の作でございますな。わたしも初代を目にするのは初めてながら、刀身にみなぎる気魄《きはく》たるや、とても二代、三代の代さがりのものとは思えませせぬ」

光三郎は、脇差を鞘に納めた。

村正が徳川家に祟《たた》る刀として嫌われていることを知らぬ侍はいない。その村正が、よりによって将軍家御腰物奉行を務める黒沢の家にあるのはおだやかではない。なにか深い事情があるに違いなかった。

「よく観《み》た。そのとおり初代村正の作だ」

奉行のことばを、光三郎は、鼻で笑った。

「それくらいの目が利かぬようでは、町の刀屋などすぐにつぶれてしまいます」

御腰物方なら、刀のことは、ある程度わかっていればそれでよい。むしろ目などは利かぬほうが波風が立たずにすむ。将軍の佩刀《はいとう》に贋物《がんぶつ》を見つけたりしたら、それこそ大騒ぎになる――。

「それより、なぜ……」

「村正が、ここにあるかだな。聞きたいか？」

こんどは、父が鼻で笑った。光三郎の刀好きは、病膏肓《やまいこうこう》である。この村正の由来を知らずに帰れるはずがない――と見抜いているらしい。

村正が名刀であることは間違いない。自分の手で試斬《しざん》したことはないが、切れ味は抜群だと聞いている。いましがた見つめた印象でも刃味《はあじ》はいたって鋭かろう。初代の作ならまさに大名道具である。豊臣秀吉、福島正則《まさのり》、鍋島直茂《なべしまなおしげ》ら、村正を愛した武将は多い。

ただし、徳川家康には徹底的に嫌われた。徳川家は、それ以来、二百五十年にわたって、村正の祟りを怖れ、忌《い》み嫌っている。

徳川家に仇《あだ》なすその村正に、わざと目立たぬような安い拵《こしら》えをつけているところが、腑《ふ》に落ちない。堂々とした拵えがふさわしい名刀なのだ。

「どなたか、御旗本か御家人《ごけにん》衆の差料《さしりょう》でございますか？」

父の勝義がうなずいた。

「それゆえ、困窮いたしておる」

思ったとおり、なにかやっかいごとが、裏にありそうだった。

よい刀であるにもかかわらず、村正が徳川家に厭《いと》われるようになったのには、代々の深い因縁がある。

まずは、天文《てんぶん》四年（一五三五）十二月五日のこと。家康の祖父清康が、二尺七寸の村正の太刀《たち》で家臣に斬り殺された。

その十年後、家康の父広忠が、酒に酔った家臣にいきなり腿《もも》を突かれた。そのときの脇差が、またしても村正であった。広忠はそれから四年ののち、まだ八歳の家康を残して亡くなった。

駿河《するが》の今川家に人質となった家康は、ある日、小刀《こがたな》で怪我《けが》をした。さしたる傷ではなかったが、痛みが激しく、いつまでも疼《うず》いた。それもまた村正の小刀であった。

まだある。

天正《てんしょう》七年（一五七九）、家康の長男信康が、織田信長から切腹《せっぷく》を命じられた。甲斐《かい》の武田と内通した嫌疑である。無実の罪だったが、信長の怒りは激しく、家康は泣く泣く受け入れた。遠州二俣《ふたまた》での切腹に、介錯役《かいしゃく》として、服部半蔵と天方通綱《あまかたみちつな》をつかわした。

半蔵は、案外気の弱いところがあったらしく、情にほだされてどうしても首を刎《は》ねられない。代わって天方が介錯した。

あとで家康がたずねると、そのとき介錯につかった脇差もまた、村正であった。家康は、村正を嫌った。

関ヶ原の合戦で、織田有楽《うらく》の子長孝《ながたか》が、名高い敵将を討ち取った。手槍《てやり》で突いたところ、兜《かぶと》の鉢を右から左まで貫いたという。その槍を見ていた家康が、手に怪我をした。

――この槍は村正であろう。

たずねると、まさしく村正の槍であった。

そこまで祟られて、家康は、納戸方に、村正の刀をすべてうち捨てるように命じた。

徳川の家臣たちは、家康をはばかって、村正を腰に差さなくなった。禁じられているわけではないが、むしろ、それ以上に忌み嫌われた。

徳川家の打倒を狙う男たちは、かえって村正を喜んだ。

大坂の陣の真田幸村は、村正の大小を差していた。浪人たちを集め、徳川家への謀叛《むほん》をくわだてた由比正雪《ゆいしょうせつ》もまた村正を帯びていた。やがて、村正を所持することは、それだけで徳川家に対して叛逆《はんぎゃく》の心をもつとみなされるようになった。

そんな村正が、なぜ、御腰物奉行の手もとにあるのか――。

「もちろん、聞きとうございます。どなたの差料でございますか」

拵えを見れば、わざと小身の者がもつようにしてあるらしい。御家人のものだとしたら、千代田の城内では、ちょっとした騒ぎになるだろう。

御腰物奉行が首をふった。

「困ったことだ」

「いかがなされました？」

「この脇差はな、わしの配下の者の差料だ」

「えっ」

ことばは理解できたが、まさか、そんなことはあるまいと信じられなかった。

「御腰物方の侍が差していたとおっしゃるんですか」

「そのとおり。これを差して登城してきおったのだ」

奉行が深々とうなずいた。

「それは……」

たいへんなことだ。下手《へた》をすると、あることないこと穿《ほじく》られて腹を切らされるかもしれない。奉行の責任も問われるだろう。

「どなたの脇差ですか」

御腰物奉行の配下には、十六人の御腰物方と十人の同心がいる。今年の正月まで出仕していた光三郎は、みなの顔を知っている。

「石田孫八郎《いしだまごはちろう》だ」

その男なら同心で、実直を絵に描いたような四十男だ。

「吉原《よしわら》の花魁《おいらん》からあずかったとまでは白状させた。それ以上は頑《がん》として口を割らぬ」

「石田様がなぜ……」

「それはまた艶《つや》っぽい話でございますな」

「その花魁のこと、おまえに調べてもらいたい。なんの企みがあって、御腰物方の侍に村正を持たせたのか。どうだ。頼まれてくれるか」

光三郎は、大きくうなずいて、また、村正に手を伸ばした。

二

芝日蔭町のちょうじ屋にもどると、光三郎は、店にいた義父の吉兵衛《きちべえ》に、手をついて挨拶した。

「ただいま戻りました。ちょっと奥へお願いできますか」

奥の座敷で向かい合うと、声をひそめて村正の話をした。

町場の刀屋ながら、吉兵衛はたいへんな目利きである。試刀家山田浅右衛門《やまだあさえもん》に気に入られ、あれこれと刀の用を言いつけられているうちに、名刀を手にする機会がずいぶんあったらしい。村正についても、ひとくさり蘊蓄《うんちく》があるはずだが、それを聞き出す前に、横で羽織を畳んでいた妻のゆき江《え》が口をはさんだ。

「それで、そのお役目、お引き受けになったんですか」

「なんの役目だ」

「吉原の花魁のお調べですよ。いま、おっしゃったじゃありませんか」

ゆき江とは、今年の春に祝言をあげたばかりである。色の白い十八の花盛りで、二人はいまがとても愉《たの》しい。夕餉《ゆうげ》をすませると、ゆき江はいつも湯屋に行き、薄化粧をする。匂い袋のあまい薫《かお》りをかぐと、光三郎は床を敷くのが待ち遠しくなる。

いつもはおだやかに微笑《ほほえ》んでいるゆき江の目尻が、めずらしくつり上がっている。

「ああ、腰物方の同心が村正を差していたと聞いて、黙っていられるほど薄情じゃないんでね。刀屋として、できることは手伝わせていただくさ」

「いいえ。吉原の花魁と聞いて、お引き受けになったんでしょ」

清楚《せいそ》で品のある顔だちだけに、ちょっと怒ったゆき江は、また艶っぽい。

「妬《や》いてくれるとは嬉しいね。だけど、そんな話じゃない。腰物方のなかでもほんの数人しか知らない話だ。御目付なんかに知られてみろ、それこそ大騒ぎだ。町方にだって頼む筋じゃない。腰物方には、花魁から話を探るほど気のきいた野郎なんていないから、おれに白羽の矢が立ったのさ」

「ずいぶんご機嫌な白羽の矢ですこと」

「そりゃまあ、軍資金までいただいて吉原に行けと言われて、断るような奴は男じゃやないさ」

つい笑みがもれると、ゆき江の頬がふくれた。すこしべそをかいている。

「あっ、いや、なにもしやしないぜ。大切な内密の探索だ。花魁の手だって握るもんか」

「ほんとですか……」

「ああ、約束する。間違いない」

新妻の顔がすこしほころんで、奥にさがっていった。

「それにしても、村正っていうのは、ほんとうに祟るんですかね。剣相のほうじゃ、村正のことをずいぶん悪くいいますね」

光三郎は、吉兵衛にたずねた。

「いいえ。剣相術なんてのは、なんの根拠もありゃしません。みなただの思いつきを言ってるだけのこと。婿殿らしくもないことをおっしゃいますね」

吉兵衛は、婿の光三郎に、丁寧な口調をくずさない。細面《ほそおもて》の顔に切れ長の目をしているが、刀を見るときは、ぞっとするくらい鋭い眼光を放つ。

刀の姿、鉄《かね》、刃文や疵を見て、吉凶を占うのが剣相術である。

生死にかかわる道具だけに、古くは中国の魏《ぎ》のころから行われていた。

日本でも鎌倉時代に始まった。いまは、宇佐、戸次《べつき》、小笠原、山本、山形など九つもの流派があり、それぞれに秘伝があるらしい。

「考えてもごらんなさい。下坂《しもさか》は、下り坂だから出世できないなんて、占いでもなんでもない。ただの語呂合わせです」

近江《おうみ》の下坂からは、有名な鍛冶《かじ》が多く出ている。徳川家お抱えの康継《やすつぐ》も、下坂を称しているのだから、考えてみれば妙な占いだが、それをまた神妙に信じる侍がいるから、剣相家が食べていける。下坂の銘《めい》を嫌って、「下」の字を「本」と切り直した茎《なかご》を、光三郎も見たことがある。

「そりゃ分かってるつもりなんですが、正直なところ、村正となると、子どものころから吹きこまれているせいか、どうにも腰がひけてしまう。もと旗本の悲しさ、わけもなく禍々《まがまが》しい気がしてくるんですよ」

吉兵衛が首を振った。

「村正は、いい刀ですよ。よく斬れるでしょう。婿殿だって、ここで代さがりを見ましたね」

たしかに見た。旗本や御家人が差料にすることはないが、諸藩の藩士や浪人には、ときに買いたがる者がいるらしい。

「そういえば、あの代さがり、まだ売れずに、蔵にあります。見てみましょう」

手を叩いて番頭《ばんとう》に命じると、ほどなく鬱金《うこん》染めの刀袋を持って来た。袋から出し、一礼して鞘を払った。

二尺三寸余り（約七十センチ）の定寸《じょうすん》の刀である。やはり腰反《こしぞ》りで、姿はやさしい。ほんのわずかに地鉄《じがね》の白んでいるのが、伊勢の刀の特徴だと吉兵衛が教えてくれた。刃文は、三本杉。美濃《みの》の関《せき》鍛冶が好んで焼く波形だが、村正のは、三本ならんだ杉の尖り具合が鋭く、谷が深い。それを三つまとめて焼くのが村正だと、これも吉兵衛から教わっていた。

「この刀を見てると、やっぱり関鍛冶の流れだな。相州伝とは思えない」

光三郎のことばに、吉兵衛がうなずいた。

「正宗《まさむね》の弟子だというのは、世の作り話でしょう」

巷間《こうかん》、村正は、鎌倉の名匠五郎入道正宗の弟子ということになっている。

入門について伝説がある。

あるとき、村正が桑名の鍛冶場で、弟子たちに鎚《つち》を振るわせていると、となりの家の駕籠屋《かごや》が訪ねてきた。いましがた乗せた客が、ここの前を通ったとき、首を傾げたというのだ。

――いい鍛冶だが、惜しいな、いま刃切れの音がした。

そんなことをつぶやいたらしい。

いつだと訊《たず》ね返すと、その時分、たしかに妙な鎚音《つちおと》がしたのに思いあたった。村正は駕籠屋に宿を教わり、駆けつけて正宗の弟子にしてもらったのだという。

正宗が村正を叱った話は、さらによく知られている。

よく斬れると評判が高まり、自信過剰の天狗になった村正を、正宗が小川に連れだした。

――刀を川に立ててみよ。

命じられるままに、刀の刃を上流に向けて立てた。

落ち葉を川に流すと、村正の刀に吸い寄せられ、みな半分に裁《た》ち切れていく。

内心、切れ味のよさに満足していると、正宗が自分の刀を川に立てた。

落ち葉を流すと、すうっと刀を避けて一枚も切れなかった。

――ただ切れるばかりがよい刀ではない。神を招き、悪を遠ざけるのがまことの名刀である。

師の正宗は、村正にそう教えたと伝えられている。

幼いころ、父親にその話を聞かされた光三郎は、正宗はなんてすごい刀だと感心した。正宗こそ、刀のなかの刀だと憧れた。

いまはちがう。

――そんな馬鹿な話があるもんか。

と思っている。

よってたかって正宗の伝説を創り上げた侍の世が呪わしくさえある。

そもそも、いまの光三郎は、正宗という鍛冶がいたとは信じていない。いや、正確にいえば、正宗という鍛冶が、むかしの鎌倉にいて、わずかによい刀を打ったのは本当だろう。ただ、いま正宗と極《きわ》められている刀のほとんどは正宗の作ではないと考えている。

もとはといえば、それが原因で父と衝突し、家を飛び出したのだ。

光三郎は、手に持っていた村正を吉兵衛にわたした。

「これは、三代の村正でしょうね。気の毒に、それ以降は、徳川家にあまりに嫌われたせいで、改名したようです。伊勢にもいられず、一門はどこかに散らばったらしい」

吉兵衛がつぶやいた。

「さすがに妖刀とまで言われると、どこの藩士でも、持つのがはばかられる。あえて持つ侍は、よっぽど徳川家に逆らう腹があったんでしょう」

「いや、そうばかりでもありません。家康公には嫌われましたが、曾孫《ひまご》で越前福井藩の藩主松平光通《みつみち》公などは、村正がお好きで、死の床で村正を手にされ、ご覧になってから息をひき取られたほどだといいます。御老中の松平定信《さだのぶ》公も、村正をお持ちだったし、尾張《おわり》の徳川家にも、よい村正があると聞いています。将軍家の侍は、村正に過剰に反応しすぎています」

「なるほど、そのとおりかもしれない」

光三郎は、今朝、黒沢屋敷で見たばかりの村正を、瞼《まぶた》の裏に浮かべた。自慢じゃないが、よい刀と美人の顔は、いちど見たら絶対に忘れない。

ひたひたと群雲《むらくも》のごとくひろがる皆焼《ひたつら》の焼きは、こころをかき乱すものがある。そんなことは分かっているはずなのに、あえて皆焼を焼いた村正がいる。

むろん、村正は、三本杉や腰開きの互《ぐ》の目《め》、ゆるりとした大《おお》のたれもたくさん焼いている。押形《おしがた》を集めた本でしか見たことはないが、初代村正の刃文をいくつも思い浮かべ、光三郎は、村正という鍛冶を想像してみた。いったいどんな男だったのか。

――妖刀。

と言われて見れば、たしかに妖しい気がする。

しかし、そんな先入観を消し去れば、村正のほんとうの顔が見えてくる気がした。

――村正っていうのは、寂しがりな男だったのではないか。

ふっと、そんな気がした。

ひりひりと険《けわ》しい刃文の刀でも、それを焼いた鍛冶が険しいこころの持ち主だったとはかぎらない。逆に、おだやかな刃文を焼いた鍛冶が、おだやかなこころを持っていたともかぎらない。

村正の険しさの奥には、寂しさがただよっている――。

今朝の脇差を思い浮かべ、光三郎はそんなことを思った。

「それにしても、やっかいな役目を引きうけましたね」

吉兵衛のことばで、光三郎はわれに返った。

「まったくです。ほかに刀もあろうに、腰物方同心がわざわざ村正を差しているっていうのが腑《ふ》に落ちません。ことに、当の石田という同心は、謹厳実直な人なんです。奥さんを亡くしているので、吉原通いはしかたないとしても、花魁におぼれるような人じゃない……」

村正の刀をしまっていると、ゆき江が盆に湯飲みを運んできた。

「その石田様、いまはどうなさってるんですか?」

冷たい麦湯の入った茶碗を置いて、ゆき江がたずねた。

「うちの、いや、御腰物奉行の家の離れに閉じこめて、ちゃんと監視してるそうだ。いったいどんな裏があるのか、はっきりするまで、家に帰さないとさ」

「それはお気の毒なこと。でも、どうして妖刀なんか、お城に差していらしたんでしょうか。お宅に隠しておけばいいのに」

ゆき江が首をかしげた。

「それさ。なまじ差していたところで、抜かなければだれも気がつかないし、御城内では抜くはずもない。なんでも、勤めの帰りに、何人かで料理屋に行って、そこの座敷で抜いて見せたらしい」

「自慢したかったんでしょうか？」

「いや、いっしょにいた同心たちの話では、隠し持っているのが重荷だから、早く楽になりたいような感じだったらしいぜ」

「不思議な話……」

「さぁ、不思議だから、調べに行くんだ。出かける前に、ちょいとなにか腹に入れていこう。まだ暑いから鰻《うなぎ》でも買って来てくれるかい」

なにげなく言ったつもりだが、ゆき江に怖い顔でにらまれた。

「あら、鰻で精をつけて、なにをなさるおつもりですか。お暑いんでしたら、お素麺《そうめん》をうんと冷やしてさしあげますわ」

立ち上がりざまに、光三郎は太腿《ふともも》を思い切りつねられた。

三

日本堤で猪牙舟《ちょきぶね》を降り、三曲がりのゆるい坂を下って吉原の大門《おおもん》をくぐると、まだ暮れ方前だというのに、格子《こうし》を覗《のぞ》く大勢の男たちで賑《にぎ》わっていた。

光三郎がめざすのは、大門を入ってすぐ左、伏見町《ふしみちょう》の張見世《はりみせ》である。

吉原の真ん中をつらぬく仲之町《なかのちょう》の両側には、ずらりと引手《ひきて》茶屋がならんでいるが、そこに登楼《とうろう》するのは豪商やら大名やらの金持ちだけで、腰物方の同心などが上がれるところではない。

教えられた恵比須屋《えびすや》は、羅生門河岸《らしょうもんがし》にちかい小見世だった。石田孫八郎は、三十俵二人扶持《ぶち》の薄禄《はくろく》である。そんな小見世でもかなり無理をしなければ通えまい。

上半分の開いた小格子《こごうし》を覗くと、十人ばかりの女たちがすわっている。

同じ伏見町でも仲之町に近い大見世には、華やいだ花魁たちが大勢いたが、おはぐろどぶが近くなるにつれて、女たちの品も衣装も、しだいに下がる仕組みらしい。それでもここなら、まだ花魁と呼べる。はずれの羅生門河岸にならぶ切見世《きりみせ》、銭見世《ぜにみせ》には、もっと安直な女郎《じょろう》がいる。もっとも、そちらには職人たちが大勢群がっているから、世の中はうまくできている。

「いかがでござんすか。どうぞお上がりなさってください」

客引きの牛太郎《ぎゆうたろう》に声をかけられた。

「上がってもいいが、今日は、ひな菊はいねぇのかい？」

「へっ、お馴染みさんでござんしたか」

「いや、そういうわけじゃないがな。いい女だって評判を聞いてきたんだ」

「それは、おそれいりやしてござんすね。ひな菊姐《ねえ》さんなら、ちゃんとおりますよ。いま、あっちを向いていますが、ほら、こっちを向いた。あの真ん中の花魁です」

見世の真ん中の奥にすわっているのが、その見世でいちばん人気の御職《おしょく》である。色の白いおだやかそうな女だった。

「旦那は運がいいね。ひな菊姐さんが、あいてるなんてめったにありやせんぜ。おぉい、お上がりなさるよ。ひな菊花魁の御名指《おなざ》しだ」

見世の女たちが、いっせいにふり向いた。

「どうぞ、引付《ひきつけ》へご案内」

奥に声をかけると、べつの若い男が、階段を先に立って、小座敷に案内した。

金屏風《きんびょうぶ》の前に、紫色の座布団と煙草盆《タバコぼん》が置いてある。

「ようこそ、いらっしゃいました」

四十がらみの女が挨拶に来た。

「旦那、なんですか、ひな菊花魁の御名指しですって。隅に置けませんね」

「そんなんじゃないさ」

「いいえ、ちゃんと分かりますよ。旦那みたいなようすのいい方はね、あちこちの大見世で遊び飽きて、たまにゃあってんで、うちみたいな小見世に来てくださったんでしょ。福の神でございますよ、ほんと」

柏手《かしわで》を打って拝まれ、光三郎はやっと気づいた。財布《さいふ》からいくらか出して、女に握らせた。

「まあ、すいませんね。気をつかっていただいて。台の物にお酒でよろしゅうござんすか。鯛《たい》の尾頭かなんか、あつらえましょうか」

「いや、けっこうだ。ありがとよ」

「そうですか。じゃあ、ちょいとお待ちを」

しばらくして、赤い打掛《うちかけ》を着た女がやって来た。敷居のところで三《み》つ指《ゆび》をつき、べっこうの簪《かんざし》をたくさん挿《さ》した頭をさげた。

「ようこそおいでなんした」

笑顔にほっとするやさしさがある。

女について、部屋に通った。

座敷の奥に、赤い縮緬《ちりめん》の布団が敷いてある。手前の座布団に腰をおろすと、女が向かいにすわった。禿《かむろ》が一人横にいる。

「ひな菊でありんす」

煙管《キセル》を吸い付けてくれたので、吸ってみた。うまいとは思わなかったが、何服かふかした。

しげしげと女の顔を見た。

もっと婀娜《あだ》っぽい女を想像していた。男を手玉に取って、起請文《きしょうもん》を乱発するような女だと思っていた。ひな菊には、むしろ、男をなごませてくれる安らぎがある。こういう女に惚《ほ》れる気持ちはよくわかる。この小見世でなら御職《おしょく》を張るのも当然だろう。

「御名指しでしたが、前に来なんしたか」

「いいや。初会《しょかい》さ。ちょいとあんたの評判を聞いてね、顔を見たくなったのさ」

「それはありがとうおざんす」

若い衆が台の物と酒をはこんで来た。ひな菊が酌《しゃく》をしてくれた。

「どなたにお聞きなんした？」

おっとりしたしゃべり方は、里言葉のせいではなく、もともとの質《たち》らしい。

「あるおとっつぁんさ」

ひな菊が首をかしげた。

「さて、どなたでありんすか」

「まっ、いいじゃねぇか。あんたの顔をじっくり拝ませておくれ」

ひな菊が、照れてうつむいた。本当に照れているらしく、頬がすこし赤く染まった。

「いい女だな、あんた」

「ありがとうおざいんす」

その日は、ひな菊の顔を見て酒を飲み、さっさと引きあげた。

夜も更けてから家に帰ると、ゆき江が寝ずに待っていた。

「いかがでしたの」

「初会だから、顔を見ただけさ」

「じゃあ、またお行きになるの」

「しょうがあるめぇ。裏を返して、馴染みにならなきゃ、ろくに話だってできるもんか」

ゆき江がべそをかいている。

「ばかだな。なにもするもんか……」

「嘘ばっかり」

「嘘じゃねぇよ」

ゆき江の肩を抱くと、光三郎はゆっくり口を吸って、そのまま布団に倒れ込んだ。

二日空けて、裏を返した。

ひな菊は、笑顔で迎えてくれた。酌をさせ、じっと顔を見つめた。

「あんたは、いい顔をしているな」

「人相をご覧になりんすか」

「いや、人相なんか観ないが、人を観るのは大好きでね」

「おかしな方……」

その日も早々に引きあげた。

二日空けて、また行った。客がついていたが、泊まりじゃないというので、気長に待った。部屋に通ると、眼を細めて迎えてくれた。こっちの気持ちがほぐれる笑顔だ。

「お名前をお聞きしてもようおざんすか」

「光三郎さ」

「御大家《ごたいけ》の若旦那でありんすか」

「よせやい。そんな柄《がら》かよ」

「あちきも人を観るのは好きでありんす。殿方にもいろんな方がいらして、おもしろうおざんす」

「そうかい。どんな男がおもしろい」

ひな菊が含み笑いをした。

「光三郎さまのようなお方」

「あはは。無理があるな。あんたは正直だ」

「そうかしら……」

言い方に、すこし素《す》がまじった。

「嘘のつけない女だ」

「嘘はつきます。廓《くるわ》の女ですもの……」

やさしくておだやかな女だが、どこか寂しげだ。男としてほうっておけない気にさせられる。

ひとしきり酒を飲んで台の物を食べると、ひな菊が禿《かむろ》を帰した。自分で帯をとき、鴇《とき》色の襦袢《じゅばん》になって、布団の横で三つ指をついた。

「どうぞ、可愛《かわい》がっておくんなまし」

光三郎は着物の帯を解いて、布団に横になった。

ひな菊が行灯《あんどん》を暗くしようとした。

「いや、そのままにしておいてくれ」

「恥ずかしゅうおざんす」

「顔が見たいのさ」

ひな菊が隣の枕に頭をのせた。島田の髷《まげ》を大きく結っているが、顔は小さい。光三郎は、片腕を頭の杖にして、寝転がったままじっとひな菊の顔を見ていた。

「なにを、見てらっしゃいます」

「おまえのまことさ」

「やっぱり、へんなお方……」

差しだされた手を握り、光三郎は朝までじっとひな菊の顔を見ていた。

日蔭町の家に帰ったのは、日が高くなってからだ。近所の家は、もう表の戸を開けて商売を始めている。

「そんなお話、信じられません」

茶を持ってきたゆき江の目が、真っ赤に腫《は》れている。一睡もせずに待っていたに違いない。

「ほんとさ。なんにもするもんか」

「朝まで廓にいらして、なんにもしないなんて男の人がいますか」

「ここにいるさ」

じっとゆき江の目を見つめた。

「嘘……」

「嘘じゃない。おれが刀を鑑定するとき、どんな風に観るか、知ってるな」

ゆき江がうなずいた。

「じっと、舐《な》めるようにご覧になりますわ」

「そうさ。刀も人も同じさ。じっと見つめていれば、かならずまことの姿が見えてくる」

「………」

「黙ったまま、じっと見つめてればいいのさ。そうしたら、むこうから話し出すさ。刀も人も同じだろ」

「なにか話しましたの？」

「いや、まだだ。話すまで通うさ」

ゆき江がくちびるを嚙《か》んだ。悔しそうな顔をしている。

「ひどい人」

「おれを信じろ」

「信じられるもんですか」

抱き寄せて口を吸おうとすると、ゆき江が顔をそむけた。あごに指をかけてこちらを向かせた。

ゆき江が目を伏せた。

口を吸うと、こわばっていた体が光三郎にもたれ掛かった。

「いやな人……」

言いながらも、光三郎を抱きしめた。

四

二日おきに恵比須屋に通うようになって、六回目の夜だ。

禿《かむろ》を帰し、酌をしながら、ひな菊がたずねた。

「あなたはなにをしに来られるのですか」

「言っただろ。あんたのまことを観たくてやってくるのさ」

ひな菊が、じっと光三郎を見つめている。

「あの……」

「なんだい？」

「いえ……」

しばらく黙り込んだ。

杯《さかずき》を乾《ほ》すと、酒をついでくれた。

「光三郎さまはお侍ですか」

「いや、町人だよ」

「髷は町人ですけど、御武家みたいな気がします」

肌はかさねていないが、同じ布団で三夜すごした。襦袢越しに温もりとやわらかさを感じていた。すこし、他人でない気がしている。

「ご商売は……」

「なんだと思う？」

ひな菊が首をふった。

「わかりません」

「なにをしに来てるのか、分かっているだろ」

二日おきに通って手を出さない客が、いったいなんのために来るのか、ひな菊はたっぷり考えたはずだ。

奉行所からの探索が入ったと思ったのだろう。光三郎は首をふった。

「なぜ、目明かしが来るんだい？」

「だって……」

「なにか、悪いことをしたのかい」

ひな菊が首をふった。

「していません……」

しばらく考えて、口を開いた。

「……悪いとしたら、この世に生まれたのが、悪いのかしら……」

「そんな人間なんかいるもんか。だいじょうぶさ。人はみんな、しあわせになるために生まれてくるんだよ」

ひな菊がうつむいた。

「しあわせになんか、なれるはずがありません」

「どうして？」

「廓の女ですもの……」

光三郎は首をふった。

「落籍《ひい》てもらえばいいじゃねぇか」

ひな菊が笑った。

「ふふ。お坊ちゃまね。お金がかかりますよ。たくさんね」

「おれはね、あんたに間夫《まぶ》がいるかどうか、そいつを見に来てたのさ。もしも間夫がいて、石田様が騙《だま》されたり唆《そそのか》されたりしてるのなら、許せねぇと思った」

石田の名前が出て、ひな菊はすこし肩をこわばらせた。

「だけど、どうやらいないようだな。あんたの間夫は、石田様だけかい？」

「捕まったんですか、石田様は」

「どうして捕まるんだよ」

「だって……」

「……なに」

「あんな刀、持っていたから……」

「いい脇差だよ。いや、素晴らしい名刀だ」

「でも、謀叛のしるしなんでしょう」

「それは、持っている男しだいさ。怪しい奴が持っていたら、疑いをかけられる」

「かけられたんですか」

「だいじょうぶだ。ただああいうお役目をなさっているだけに、持っているとあらぬことを詮索される。あんた、なぜ、あんな脇差を持っていたんだ。それを話してくれないか。それさえはっきりしたら、石田様はなんのお咎《とが》めも受けないよ」

うつむいて動かなかったひな菊が、顔をあげた。

「侍がただ脇差を持っているだけだ。いくらお上《かみ》だって咎めようがないだろう」

「ほんとうですか」

こくりとうなずいたひな菊が、口を開いた。

「あれは、うちの父親の形見なんです。真っ赤に錆《さ》びていて、わたしなんかの力じゃ鞘から抜けなかったけれど、これはいい脇差だから、大事にしろって言われていました。ここに売られてきたときも、女郎に刀なんかいらないって叱られましたけど、形見だからって、大事にしまっておいてもらったんです」

「それで……」

「石田様と馴染みになって、わたし、心底あのかたの実直さにほだされました。石田様は、奥様を亡くされているので、わたしを、家に入れたいとおっしゃってくださって、だけど、お金がないから……。わたしに借金があるので、ここを出て行くのにたくさんお金がかかります。それで、石田様にあの刀をお預けしたんです。研《と》がせてみたら、本当にすごくいい刀だとおっしゃって、きっと高く売れるから、そのお金で、わたしを落籍てって……。わたし、婢女《はしため》でいいんです。おそばに置いていただけるなら。でも、なかなか売れなくて困ってらっしゃって……。それだけです。ただそれだけのことなんです。謀叛もなにも関係ありません」

「なるほどね。だけどあれは、村正のなかでも格段に出来のいい脇差だ。あんたのご先祖は、豊臣の残党かなんかかい。そんな話を聞いたことがないかい？」

「いいえ。父親は身過ぎ世過ぎに易者をしておりましたが、ご先祖は九州の大名だったというのが自慢でした。おとっつぁんさえ病気にならなければ……」

「ご先祖様はどこの大名だったんだい？」

「長崎だと聞きました。もとは豊後府内《ぶんごふない》の大名だったとも言ってましたし、お取り潰《つぶ》しになって姓も変えたそうです。もう昔のことで、なにが本当かわかりません」

光三郎は膝を叩《たた》いた。いまの話ですべて合点がいった。

「よく話してくれた。それがご先祖なら、村正があったって、おかしくない。あの脇差の出所がわかったよ。心配しなさんな。石田様が、罪になったりすることは金輪際《こんりんざい》ありゃしねぇよ。すぐにあんたを迎えに来てくれるさ。愉しみに待ってなよ」

光三郎のことばに、ひな菊は目をほそめた。こころ根のやさしさがあふれたような笑顔だった。

つぎの朝、光三郎は、吉原からまっすぐ番町の屋敷に行った。空に、秋の光が濃くなっている。頬被りがうっとうしいが、この界隈ではしないわけにはいかない。

御腰物奉行黒沢勝義に面会した。

「ようやく分かりました。長崎の亡霊が江戸に出たんですよ」

「長崎……」

「ずいぶん昔の話ですが、評定所《ひょうじょうしょ》に記録でも残っておりますまいか」

光三郎は、聞き出した話をそのまま勝義にした。勝義も膝を叩いた。その話は、村正にまつわる先例として、御腰物方で語り継がれていた。

「それはまことに村正の亡霊だ。たしかに石田に罪はない。ここに呼んでやれ」

ほどなく石田孫八郎がやってきた。面目《めんぼく》なさそうに、平伏した。

顔の四角い無骨《ぶこつ》な男である。世の中が石田のように実直な侍ばかりなら、もっと住みやすかろうと、かねて光三郎は思っていた。

「いや、心配させおった。おまえが謀叛の一味にでも誑《たぶら》かされておるのではないかと案じておった。しかし、なにごともなくて安堵《あんど》いたした」

「申し訳ないかぎりにございます」

「なんの悪いことがあるものか。ただ、やはり登城のときはまずかろう。家に置いておけばよいではないか」

「そうも思いましたが、物盗りが忍び込んで盗まれてはかえって面倒《めんどう》と思い、いつも差しておりました」

「あの村正、どうするつもりなのだ？」

「売りたいと思って、刀屋を何軒もあたってみましたが、値段が折り合いませんでした。それでつい追い詰められ、惑乱して、同僚たちに見せてしまいました」

「そんなことなら、まずうちに来てくだされぱよかったのに。芝日蔭町のちょうじ屋なら、高く買わせていただきますよ」

「おそらく値が折り合いますまい」

「いくらでお売りになるおつもりですか」

光三郎がたずねた。

「百五十両。それだけあれば、ひな菊を落籍《ひく》ことができます。お買い願えますか？」

光三郎は呻《うな》った。

たしかに古今まれな名刀である。その値段なら安い。

だが、右から左に売れる脇差ではない。ことに江戸では売りにくい。欲しがる侍は、きっといるはずだが、さて、すぐに見つかるかどうか。

ちょうじ屋に、大金が遊んでいるわけではない。百五十両の村正を買って寝かせておけるほどのんきな商売をしているわけではない。

「しばらくお待ちください。お客を探してみましょう。見つかります。かならず見つけます」

「ありがとうございます。ただ、できれば、早く売っていただければありがたい。あの女を、落籍《ひき》たがってる客がほかにおります。間に合わねば、まこと不甲斐《ふがい》ない。大の男が、苦界《くがい》にしずんだ女一人、どうしてしあわせにしてやれないのか。情けなくて仕方ありません……」

両手をついた石田孫八郎は、悔しそうに眉根《まゆね》に深い皺《しわ》を寄せた。

五

黒沢家の用人加納嘉太郎が、ちょうじ屋を訪ねて来たのは、それから十日ばかりのちである。

「長崎の事件、評定所に記録があったとのことです」

店に上がって、綴《と》じた帳面を差しだした。腰物方のだれかが記録を筆写してきたらしい。

それによれば、豊後府内二万石の城主竹中采女正重義《うねめのしょうしげよし》が、騒ぎの主である。

寛永《かんえい》六年（一六二九）、長崎奉行に任じられた重義は、キリシタンの弾圧に辣腕《らつわん》をふるい、おおいに権勢を誇っていた。

そのころの長崎に、堺から移り住んできた平野屋三郎右衛門という商人がいて、絶世の美人を妾《めかけ》にもっていた。

その女に惚れた竹中は、宴会に借りると称して、女をじぶんの屋敷に囲ってしまった。妾は隙《すき》を見て逃げ出し、平野屋三郎右衛門とともに堺に走った。

怒った竹中は、平野屋を闕所《けっしょ》にして全財産を没収したうえ、女の兄を捕縛して投獄した。平野屋の一族は、驚いて女を長崎につれもどし、竹中に差しだした。

あまりの仕打ちに怒った平野屋は、江戸に出府して幕府に訴えた。

竹中は長崎奉行の権勢を笠《かさ》に着て、唐船から一割三分もの運上金を取って私腹を肥やし、さらにはマニラに勝手に船を出したりしていた。刀の柄につかう鮫皮《さめがわ》の輸入にも不正があった。

唐船がはこんできた極上の鮫皮を、長崎の商人たちが将軍に献上しようとしたときのことである。

「さように極上の鮫皮を献上しては、これまでも極上品があったにもかかわらず、隠匿《いんとく》して高値で売りさばいていたと、役人たちに嫌疑をかけられてしまう。そのとき、どのように申し開きするか」

そう脅迫し、自分が着服してしまったのである。

竹中は江戸に召喚されて取り調べを受けた。罪状がいずれも事実であったので、家名断絶、身は禁固刑とされた。

そこに、妖刀村正が登場する。

幕府が竹中の屋敷を調べてみると、二十四振《ふ》りもの村正が出てきたのである。

これに神経を尖らせた幕府は、謀叛の志ありとして処分を厳しくした。

竹中重義と一子源三郎はともに切腹。所領はすべて没収となった――。

そんな事件である。

ひな菊の家が、竹中を先祖にいただくのかどうか、いまとなっては知るよしもなかろう。それでも、代々、貧窮にあえぎながらも、赤錆びた村正を保持していたとしたら、やはり、血のつながりがあったのかもしれない。

「あれだけの村正だ。竹中がべつの妾の家にでも置いていたのかもしれんな。二十五振り目の村正だろう」

「そこの子が、代々あれを伝えて……」

「いまさら調べようがあるまいがな。だが、考えてみたら、そんな村正が、ひょっとしたら、この国のあちこちにあるかもしれんぞ。真田幸村の村正や、由比正雪の村正を隠し伝えている家もあるかもしれん」

「まこと、ないとは言えませぬ」

「おちおちしていると、お上は、そんな村正で倒されるかもしれんな」

「若様、お口が過ぎましょう」

光三郎は口をつぐんだ。

ペルリの黒船につづいて長崎にはロシアの黒船が来たという。外国船の来襲にそなえて、品川沖に砲台を造るらしいが、そんなことで、はたして江戸と日本が守れるのか。

光三郎は、顔をくるりとなでて刀屋の口調にもどった。

「ところで、石田様はどうなさいましたか。奔走しておりますが、あの村正、いまだ買い手が見つかりません」

村正は、光三郎が預かって懸命に売り先を探している。心当たりの客や刀屋にたずねても、みな首を横にふるばかりだ。

期限を切られたわけではないが、石田孫八郎は、早く売ってほしいと言っていた。ひな菊を落籍たがっている客がほかにいるという話だった。

——いっそのこと、うちで買い取るか。

そろそろ、そんなことも考えている。蔵の刀を同業者に叩き売れば、なんとかならない額ではない。吉兵衛もいやとはいうまい。

加納が茶をすすった。

「そういえば、石田様は、昨日、届けもなしにお休みであったとか、殿様がそうおっしゃっておいででした」

光三郎はいやな予感がした。

「悪い予感がしませぬか」

加納が心配そうに言った。

「たしかに」

光三郎は、ゆき江に羽織を持ってこさせた。

「どちらにお出かけですか？」

「吉原だ」

「まだ昼前ですよ」

「ああ、承知さ」

ゆき江がなにか言いかけたのを背中で受け流し、加納とともに急いで店を飛び出した。


吉原の大門をくぐるとき、光三郎のわきを駕籠が駆け抜けて行った。

大門のなかで駕籠が許されているのは医者だけだ。

いやな予感がさらに高まり、光三郎は足を速めた。

駕籠は伏見町へ曲がり、恵比須屋の前で停《と》まった。なかから医者が飛び出した。薬箱をもった若者が追いかけて来て、すぐあとに続いた。

光三郎も駆け込んだ。

恵比須屋の中は、騒然としていた。男たちが走り回り、女たちが、階段の下で心配そうに見上げている。

医者につづいて、光三郎は階段を駆け上がった。

「なんだ、おめぇは」

廊下で、両手を広げた若い衆に止められた。

「ひな菊だろ」

突き飛ばすようにして、部屋に駆け込んだ。

部屋は血の海だった。

真っ赤な海に、ひな菊と石田孫八郎が横たわっている。

医者は脈もとらずに首を振った。

孫八郎の手が、短刀を握っている。

血に染まっているが、群雲《むらくも》がわいたような皆焼だ。

握った手をそっと離させた。思わず茎《なかご》をあらためると、正広の銘がある。

「ばかな……」

つぶやいていた。

「どうしたんです？」

加納がたずねた。

「石田さん、こんなの持ってたんだ」

「正広……。聞かぬ銘ですな」

「やっぱり、祟りやがった」

「えっ？」

「これは、村正だよ。村正の銘を嫌って、村の字を消し、広の字を足したんだ。村正ってのは、寂しがりだから、仲間を呼んだんだろ」

廓の男たちが、顔をそろえて茎をのぞいた。

窓の外の秋空に、白い群雲がわき立っている。

酒しぶき清磨《きよまろ》

一

四谷伊賀町《よつやいがまち》の稲荷《いなり》横町を曲がると、どぶの臭《にお》いが光三郎《こうざぶろう》の鼻をついた。狭い路地の奥が、すこしばかり広くなっていて、井戸と稲荷の祠《ほこら》がある。そのとなりが山浦清麿《やまうらきよまろ》の鍛《か》冶場《じば》であった。

入り口のわきに水色の朝顔が、まだたくさん咲いている。

清磨といっしょに住んでいたおとくが、この春、種を植えたのだが、芽が伸びる前に本人は姿を消してしまった。酒浸《さけびた》りの清磨に、よほどいやけがさしたのだろう。

光三郎は、〝刀かじ清磨〟と書いた入り口の障子戸《しょうじど》を開けた。案の定、心張り棒はかませてなかった。

「おはようございます」

声をかけたが、返事を期待しているわけではない。

土間の火床《ほど》に、火の気はない。鉄敷《かなしき》のよこの水桶《みずおけ》をのぞくと、ぼうふらが何匹も、からだをくねらせている。

「親方、まだ寝てるんですか」

鍛冶場の奥に板の間つきの台所と四畳半の部屋がある。かまえてこれきり。狭さはさておいても、四谷正宗《まさむね》と名高い名人鍛冶の仕事場にしては、鍛冶場に火の気のないのがなにより寂しい。

奥の四畳半に布団が敷きっぱなしになっている。板の間に上がってのぞくと、部屋は酒臭い。

いびきをかいて、清麿が寝ている。

黄色く日焼けした障子に、まぶしい朝日が照りつけている。

起こすと機嫌が悪くなるから、光三郎は黙って掃除をはじめた。ころがった徳利《とっくり》を片づけ、茶碗《ちゃわん》と皿を洗った。なにも食べず、味噌だけ舐《な》めて三升は飲んだらしい。乾いた味噌が皿にこびりついている。

「こんな飲み方したら、体に毒だぜ、まったく」

つぶやいてから、女房《にょうぼう》みたいな科白《せりふ》だと、おかしくなった。

台所が終わると、鍛冶場の土間を手箒《てぼうき》で掃いた。水桶を井戸端に持ち出し、新しく汲《く》み替えた。

焼き入れ用の水舟《みずぶね》にもぼうふらがたくさんわいているが、こちらの水にはなにか秘伝があるらしく、勝手に汲み替えると怒られる。手でぼうふらをすくって捨てるだけにしておいた。

神棚に水を供え、蠟燭《ろうそく》を立てた。

柏手《かしわで》を打って、手を合わせた。

──どうか、清麿親方が、刀を打ってくれますように。

祈ることは、それしかない。

ことし四十一になる山浦清麿は、いたって腕の立つ刀鍛冶なのだが、いかんせん名人気質《かたぎ》で、気の向いたときしか仕事をしない。ここ二、三年は、ほとんど鎚《つち》を握らず、酒浸りの日々をすごしている。

光三郎は、初めて清麿の刀を手にしたときの驚きを忘れない。

──いまでも、こんな刀を鍛える鍛冶がいるのか。

ひと目見て惚《ほ》れ込んだ。

一貫斎正行《いっかんさいまさゆき》と銘を切ったその刀は、豪放ながらのびやかで、大板目《おおいため》に鍛えた地鉄《じがね》に、小沸《こにえ》がびっしりついていた。刃中には、金筋《きんすじ》と砂流《すながし》が何本ものたれた互《ぐ》の目《め》の刃文《はもん》は、長く走っている。かつての相州《そうしゅう》鎌倉の名工たちを彷彿《ほうふつ》とさせる出来のよさであった。

当節、名人と呼ばれるほどの鍛冶は、日本のどこを見まわしてもいない。光三郎はなんとしても名人の鍛錬が見たくなり、この鍛冶場に出入りするようになった。

そのころの清麿には、まだ弟子が何人もいて、鍛冶場には鎚音《つちおと》がたえなかった。清磨の酒量が増え、鍛える刀の数が減るにつれて一人去り二人去り、いまでは光三郎ともう一人、平次郎《へいじろう》という男がときおり師匠のようすをのぞきに来るだけだ。

光三郎は鍛冶場を見まわした。

鍛錬をしていないので、切り炭は、たっぷり積み上げたままになっている。鉄敷《かなしき》が錆《さ》びているのが気になったので、研《と》ぐことにした。水をかけ、小さな砥石《といし》をにぎってこすると、気持ちよく錆《さび》が落ちた。鏡よりきれいに研ぎ上げた。町人髷《ちょうにんまげ》をゆった光三郎の顔が映っている。

「うるさくて、寝てられやしねぇ」

しわがれた声にふり返ると、浴衣《ゆかた》の前をはだけた清麿が、板の間に立っていた。

「おはようございます。もう鎚音が響いていてもいい時分ですよ」

光三郎は愛想《あいそ》よく笑いかけた。清麿がくすぐったそうな顔をして見せた。じつは寂しがり屋で人なつっこい師匠である。心底からいやがっているそぶりはない。

——だいじょうぶだ。親方はまだ刀を打つ気がある。

そう感じた。

「今日あたりどうですか、こないだ届いた出雲《いずも》の刃鉄《はがね》の下鍛《したぎた》えでも始めませんか」

「けっ」

清麿は、手で首のあたりを掻《か》きながら台所に立ち、水瓶《みずがめ》の水を柄杓《ひしゃく》で飲んだ。

「平次郎が来たら、二人で打つがいいさ。おれはどうにも気分がのらねぇや」

旗本のせがれだった光三郎は、本格的な鍛冶の修業をしたことがない。ここで鎚をにぎらせてもらい、見よう見まねで振っているだけである。

もう一人の通い弟子鍛冶《かじ》平《へい》こと細田《ほそだ》平次郎は、名人だった大慶直胤《たいけいなおたね》の弟子で、れっきとした刀鍛冶である。抜群の腕前をしているのだが、惜しむらくは、人間が卑《いや》しく、偽銘を切って小遣いかせぎをするので、直胤から破門されてしまった。光三郎とおなじく、清麿の刀に惚れ込んで通ってきている。

御腰物《おこしのもの》奉行の父から勘当された光三郎と、偽銘切り名人の平次郎の二人だけが、いまの清麿の弟子である。

「じつは親方……」

「なんでぇ」

清麿は、もう大徳利を手に、茶碗に酒をついでいる。

「おとくさんを見かけました」

清磨の手が止まった。

息をふたつばかりするあいだ、じっと動かなかったが、手が動いた。勢いよくついだ酒が、茶碗からあふれた。

「どこにいた？」

「へぇ、品川《しながわ》です」

「ふん。女郎《じょろう》でもしていたか」

「ばか言っちゃいけません。しっかりした宿屋で仲居をしていますよ」

顔立ちが端正で、どこか品のよさがある清磨は、女によくもてる。そして、酒にだらしがないように女にもいたってだらしがないという評判だ。

清磨は、もとはといえば、信州の郷士の次男で、土地の庄屋に婿入りして子をなしていたにもかかわらず、よその妻女と恋仲になって、江戸に逃げてきたとの噂《うわさ》である。

その後も芸者といい仲になって長州に出奔《しゅっぽん》したとも聞いているが、そのあたりのことはけっして話さないので、人づてに聞いた噂でしかない。光三郎も、昔の女出入りなどあえて詮索《せんさく》するつもりはない。

ただ、ついこの春まで、いっしょに暮らしていたおとくという女については、話が別である。

三十半ばの後家だが、器量がいいうえに、じつにしっかりした堅実な女で、おとくがいれば、清麿はまだしも酒を控え、鎚を握るのである。

思い通りの刀ができあがらず、自棄《やけ》になって酒を飲むにしても、おとくがそばにいれば、二升の酒が一升ですむ。

清麿は、おとくに惚れている。

口にこそ出さないが、それは間違いない。

光三郎は、おととい、品川宿の客に刀を届けに行ったとき、旅籠《はたご》の前を掃除しているおとくを見かけ、声をかけたのだった。

「こんなところにおいでだったんですか。ぜひ四谷に帰ってあげてください」

おとくは、くちびるを嚙《か》んでうつむいた。

「そりゃ、あの人が刀を打ってくれるのなら帰りもしますが、いまのままじゃ、帰ろうたって、帰れないじゃありませんか」

そう言われて、今日はなんとしても、清麿に刀を打たせるつもりで、やってきたのである。清麿には、当代一の名人として、もっとたくさんの刀を鍛えてほしい。

「親方。刀を打ってください」

まっすぐ見すえると、清麿が苦虫を嚙みつぶした顔になった。

なにも返事をせず、茶碗の酒をあおると、腕枕で寝転がり、ぎゅっと強く瞼《まぶた》を閉ざした。

二

清磨がどうにも仕事をはじめようとしないので、光三郎はあきらめて芝日蔭町《しばひかげちょう》のちょうじ屋に帰った。

店にいれば忙しい。

黒船が来て以来、刀を買いにくる客がふえた。義父の吉兵衛《きちべえ》に代わって、光三郎は客の相手を引きうけた。番頭といっしょに蔵の刀の点検をして、研師《とぎし》にまわすものを選び出し、小僧に持ってやらせた。

暮れ六ツ（午後六時）に表の板戸を閉《た》てて銭湯に行き、店の者といっしょに晩飯を食べた。

「品川へ行ってくるよ」

食後の渋茶をすすりながら、光三郎はつぶやいた。

「いまからですか」

妻のゆき江《え》がたずねた。

「そうだ。なに、すぐ帰ってくるさ」

芝から品川はほんの二十町（約二キロ）ばかりだ。早足で行けば、さして時間はかからない。

「なんですか、こんどは品川の御女郎さんのお調べでも仰《おお》せつかったのですか」

ゆき江の目尻が、すこしつり上がっている。このあいだ、御腰物奉行にたのまれて吉《よし》原《わら》の花魁《おいらん》のことを調べたのだ。光三郎は花魁になにもしなかったが、ゆき江は男と女のことがあったはずだと悋気《りんき》している。

「よせよ。そんなんじゃねぇさ。おれは、清麿親方に刀を打ってほしいだけなんだ。親方のところにいたおとくさんって女の人が、いまは品川の宿屋で仲居をしている。こないだ見かけて立ち話したのだが、ちゃんと話して、四谷に帰ってもらおうと思うのさ」

「じゃあ、昼間行けばいいじゃありませんか」

「宿屋の仲居だからな、飯運びに掃除、客引き、朝から晩まで忙しい。昼間は主人の目があってゆっくり話なんかしてられないんだ。仕事が終わったころあいを見はからって待ち伏せしようって算段さ」

「ほんとですか」

ゆき江は、まだ疑っている。

「ああほんとに決まってる。なんなら……」

ついてくればいいと言いかけて、それはやめた。どこかの店に入って話すことになるかもしれないし、そうなれば、ゆき江は足手まといだ。

「清磨親方は、ちかごろどんな具合です。やはり酒浸りですか」

義父の吉兵衛も、渋茶をすすっている。

「はい。まるでいけません。毎日三升は飲んでるらしくて、飲まないと、手が震えるようです」

「いい鍛冶なんですがねぇ。ちかごろあれだけ覇気《はき》のある刀は、まずお目にかかれません」

吉兵衛が両目を閉じた。清磨の刀を思い浮かべているらしい。

「それです。わたしも、清磨親方の刀には、なによりも力強さが漲《みなぎ》っていると惚れ込んでいます。なんとしても、また刀を打ってほしいのです」

「そんなによい刀なんですか」

ゆき江が口をはさんだ。

刀屋のむすめだが、ゆき江は刀のことはほとんど知らない。女が手にするものじゃないと、父の吉兵衛が教えなかったのだ。それでも、幼いころから名刀の数々を見ているだけあって、鉄《かね》や鍛《きた》えの良し悪《あ》しは、ぴたりと言い当てる。

「清磨さんの刀はいいですね。あの人は当代一の名人です。いま鍛冶場に入れる親方で、名人はあの人しかいませんよ」

古い時代の名工の作とくらべて刀屋からは軽《かろ》んじられるちかごろの刀だが、吉兵衛は清麿の腕の良さを高く評価していた。鍛冶平の前の親方だった直胤《なおたね》も当代の名人だが、すでに高齢である。

「いくら名人でも、そんなに酒浸りじゃしょうがないじゃありませんか」

ゆき江がつぶやいた。

「まったくだ。でも、おとくさんがそばにいてくれれば、きっとまた名刀を鍛える気になると思うんだ。だから、品川に行って口説き落としたいのさ」

「まっ、口説き落とすだなんて、いやらしい」

「なに言ってるんだ、親方のおかみさんの話じゃねぇか」

「いいえ。ふだんからそんな下心をおもちだから、つい口説くだなんてことばが出てくるんですよ」

「勝手に思ってりゃいいさ」

光三郎はそっぽを向いた。

吉兵衛は茶をすすって笑っている。むすめと婿養子の喧嘩《けんか》に口をはさむつもりはないらしい。

「それにしても、清麿親方は、ほんとに女にだらしがないのですかね。あの人の刀を見ていると、そんな風には思えませんがね」

吉兵衛のことばに、光三郎は大きくうなずいた。

「それなんです。世間じゃいろいろ言ってますが、わたしはそんなだらしない親方だとは思っていません。人妻や芸者と駆け落ちしたって話にしても、噂だけですから、どこまで本当かまるでわかりません」

「そうですね。武器講《ぶきこう》を途中で投げ出したって話にしても、きっとなにか事情があったのでしょう」

「親父《おやじ》様は、さすが刀の目利《めき》きだけあって、人間にも目が利く。じつはわたしもそう睨《にら》んでいるんです」

武器講云々《うんぬん》というのは、もう十年以上前の話で、清麿の伝説というより、最大の汚点になっている。

天保《てんぽう》十年（一八三九）、清麿二十七歳のときのことだ。

そもそも清麿は、故郷の信州にいた少年のころに、兄の真雄《まさお》から鍛刀《たんとう》の手ほどきを受けた。郷士の家のことで、兄も専門の鍛冶ではないが、剣術好きが高じて、ついには自分で理想の刀をもとめて鍛錬までするようになったという。清麿は兄の手伝いをして鍛刀の基本を身につけた。

その後、婿入り先を飛び出して江戸に出たり、信州にもどって松代《まつしろ》で刀を鍛えたこともあるらしい。

ふたたび江戸に出た清麿は、伝手《つて》をたよって窪田《くぼた》清音《すがね》という幕臣で剣術師匠の家に雇われた。

清音は作刀によく通じた剣術家で、屋敷内に鍛冶場をつくり、清麿に鍛刀させた。古作の名刀を清麿に見せ、目を肥やさせたという。

ようするに清麿の鍛錬は、かなりの部分独学であった。

清麿の腕に惚れていた清音は、知り合いに声をかけて武器講をつくった。

一人三両の掛け金で百人の出資者を集め、清麿が毎月二本か三本の刀を打つというしかけである。

ところが、清麿は、最初の一振りを鍛えただけで嫌気がさし、芸者といっしょに長州に逐電《ちくてん》してしまったというのだ――。

その話が真実かどうか、光三郎は清麿にたずねたが、本人は笑っているだけだ。清麿の笑顔は人なつっこく憎めない。

「他人の金を持ち逃げするような男に、名刀は鍛えられないでしょう」

それが、光三郎の率直な感想だ。

ただし、ひょっとしたら、という疑いは持っている。

刀は刀工の心根をはっきり映す。しかし、それは鍛錬のときの真摯《しんし》さが刀にあらわれるということだ。ただひたむきに刀と対峙《たいじ》する志があれば、他人の迷惑をかえりみずとも、名刀は鍛えられるのではないか――。そんな気もする。

清麿の場合、女も酒もすべて飲み込む度量と気概の太さ、他人の迷惑なんか眼中にない真剣さがあってこその腕前かとも思える。

「まっ、とにかくちょっと行ってきます。べつに約束しているわけじゃないから無駄足になるかもしれませんけどね」

吉兵衛に頭をさげて立ち上がった。

「お帰りは？」

ゆき江がたずねた。

「そうさな。木戸が閉まる前には帰るつもりだが、閉まっちまったらしょうがない。明日の朝になるよ」

江戸の各町内の木戸は四ツ（午後十時）に閉まるきまりだ。

「さようでございますか。それではごゆっくり行ってらっしゃいませ」

ふてくされて見送るゆき江を、光三郎は店の暗がりで抱きしめた。

「ばかだなおめぇは」

「だって……」

「寝化粧《ねげしょう》して待ってろ。ちゃんと帰ってくるさ」

ゆき江の耳たぶをあまく噛むと、ほっぺたをつねられた。

三

八月の宵《よい》のことで、品川への道は、海からの風が気持ちよかった。遅くのぼった月は半月にちかいが、提灯《ちょうちん》はいらない。残暑をきらって涼みに出た男と女が浜に多い。海に映った月が、みょうに光三郎のこころをくすぐった。

——男と女ってのは、どうしてこうもやっかいなんだ。

歩きながら、そんなことを思った。

おとくが清麿のところにやってきたのは、三年ばかり前だ。もとは牛込《うしごめ》あたりの鞘師《さやし》のむすめだったとかで、最初、やはり鞘師の嫁になったが、亭主が大酒飲みで胃病にかかってころりと死んでしまったらしい。

出戻って家に帰っていたとき、清麿の鍛冶場に鞘を届けにきて知り合い、そのまま居着いてしまった。正式な夫婦にはなっていないはずだ。

いま、実家に帰らず品川で働いているのは、二度も出戻りたくないからだろう。若い光三郎の目から見ると、じつにしっかりした女で、おとくがいてくれるなら、清麿は立ち直るはずだと踏んでいる。

おとくが働いているのは、伊勢屋茂兵衛《いせやもへえ》という旅籠だ。

四間間口《まぐち》の入り口は、半分板戸が閉《た》ててある。なかをのぞくと、灯明《とうみよう》があかるくともされて、人の気配がにぎやかだ。もう夕食はとっくに終わった時分だが、遅くまで酒を飲む連中がいるらしい。土間のわきの階段を足早に降りてくる女がいたが、おとくではなかった。

表に立って、しばらくようすをうかがうことにした。忙しいなら、声をかけると迷惑にちがいない。仕事が一段落するのは何刻《なんどき》のことか。ゆき江が言ったように、昼に来たほうが、まだしも時間のすきまがあるのかもしれない。

思案していると、仲居があらわれて、入り口の板戸に手をかけた。残りの半分を閉めるのだろう。おとくだった。

「おとくさん」

声をかけると、女の背中が硬くなった。

「いやですよ。そんなところに立ってたんですか」

暗がりにいたので、むこうからは見えなかったらしい。

「驚かせてすまねぇ。どうしても四谷に帰ってもらいたくて、師匠に代わって頭をさげにきたんです」

瓜実《うりざね》顔のおとくが、ふっと笑うと、くちびるの端がくるんとまるくなった。しっかり者だが、やさしい女である。清麿は七つ八つおとくより年上のくせに、よく甘えている。

おとくが首をふった。

「わたしが……、帰れるもんですか」

「その……、なんだ、あたらしいご亭主でもできましたか」

おとくが噴《ふ》き出した。

「じょうだんはやめてください。もう殿方はこりごり。わたしは一生ひとりで生きていきますよ。ここの店は、若いご主人がいい人で、歳をとっても働かせてくれますから、どうぞご心配なく。そう伝えてくださいな」

光三郎は、大きく首をふった。

「親方は、おとくさんがいなくちゃ駄目なんです。お願いします。どうか四谷に戻ってください」

深々と頭をさげたが、それでは足りず、土下座《どげざ》をしようと膝をついた。地面に置こうとした手を、しゃがんだおとくが握りしめた。やわらかくすべすべした手だった。

「男がかんたんに土下座なんかしないでくださいな。もう表を閉めますよ。気をつけてお帰りなさい。提灯、貸しましょうか」

「いや、手ぶらじゃ帰れません。どうしたって、おとくさんにうんと言ってもらわないと、おれは帰れない」

「困ったわね。わたしはまだ仕事があるんですよ。台所の片づけがまだ残ってるわ。板場さんだけじゃ手が足りないから、明日の朝の下ごしらえも手伝わないといけないし」

「終わるまで待ってます。どうか話を聞いてください」

「そんなこと言われても、困ります。もうここを閉めるんですよ」

おとくは、目をそらせて板戸に手をかけた。

「なら、泊めてください。客になる」

「今夜は大勢のお客さんで、部屋がありませんよ」

「部屋なんて、物置でかまわない。とにかく、すこしでいいから、話をさせてほしいんだ」

「帰ってください」

「いやだ、帰らない」

「お帰りなさい」

「いいえ、帰ってほしいのは、おとくさん、あなたなんです。四谷に帰ってください。清麿さんは、あなたに惚れきっているんだ」

光三郎が強く見すえると、うつむいたおとくが、くちびるを嚙んだ。しばらくじっとしていたが、ちいさくうなずいて奥に声をかけた。

「お泊まりおひとり様、遅くのお着きです」

どうやらまるで脈がないわけでもないらしいと、光三郎は胸をなでおろした。

四

案内されたのは、二階の三畳の部屋だった。行灯《あんどん》の芯をかきたてたおとくが、申し訳なさそうにつぶやいた。

「ほんとに今夜はこの部屋しかあいてないんですよ」

「部屋なんてどうでもいいんです。親方のことを話しにきました。親方は、おとくさんがいないと駄目なんです」

「わかったわ。でも、ちょっと待ってください。まだ、仕事があって、いまここでゆっくりしているわけにはいかないの。終わったら来ますから、起きてて
くれますか」

「もちろんです。明け方になっても待ってます」

おとくがくすりと笑った。

「そんなに遅くならないわ。半刻《はんとき》ばかりで片づくわよ。お酒でも持ってきましょうか。こんなところで、待ってられないものね」

廊下に面した障子《しょうじ》以外、部屋に窓はない。手持ち無沙汰《ぶさた》にちがいないが、酒を飲む気にはなれなかった。

「けっこうです。待ってますから、仕事を片づけてください」

「はいはい。じゃあ、気長に待っててくださいね」

明るい声でこたえると、おとくが出て行った。話のもっていきようによっては、四谷に帰ってくれるのではないかと思った。

狭い部屋にひとりですわって、光三郎はいったいどこから切り出そうかと考えた。

清磨親方が、いかにおとくに惚れているかということを、まず話さないといけない。このあいだなどは、酒でへべれけになって、「おとく、すまねぇ、おれがわるかったんだ」と、ずっと呟《つぶや》きつづけていた。その話をすれば、おとくも絆《ほだ》されるのではないかという気がする。

おとくが四谷に帰ってくれたなら、光三郎は、清磨に説教してでも刀を打たせるつもりだ。

いや、まずは、おとくにやさしく言ってもらったほうがいいかもしれない。おとくが頼めば、清磨もちょっとはしゃんとしてくれるだろう。清磨は、根が甘えん坊なのだ。おとくに甘えて甘えて、膝枕をしてもらっているのだって、見かけたことがある。鍛冶場ではとても厳しい親方だが、おとくの前では子犬みたいにじゃれついている。

そんなことを考えていた。

階下の広間で宴会のさわぎ声がしていたが、それもしずかになった。夜がしだいに更《ふ》けてゆく。

壁のむこうに、人の気配を感じた。

ぼそぼそとした話し声が、やがて荒い息づかいにかわった。

聞く気はないが、男と女の息づかいが、薄い壁越しに伝わってくる。

女が、あまい声であえぎはじめた。

せつなげな声に、つい光三郎の耳が吸い寄せられる。

女はあたりをはばかって声を抑えているようだ。それでも抑えきれずについ声が漏《も》れる——。そんな風情の蕩《とろ》けそうな声に、光三郎は体が火照《ほて》った。抑えようとすればするほど、女は昂《たか》ぶりがおとずれるらしく、声はしだいに甘くせつなくなった。いつ果てるともなくつづく声に、光三郎は身悶《みもだ》えするしかない。

「起きてますか」

廊下から低い声がかかって、障子が開いた。盆を手にしたおとくが入ってきた。

「お客さんなのに、お茶も出してなかったわね」

湯飲み茶碗を、光三郎の前に置いた。

光三郎は、話を切り出そうとしたが、となりの部屋の秘め事は、さらに佳境にはいったらしく、女の声がひときわせつなげに聞こえてくる。

「まっ……」

行灯のあかりにも、色白のおとくが顔を赤らめるのがわかった。

光三郎はことばが出なくなった。両手を膝のうえに置いたまま、こわばってしまった。

「ふふ」

おとくが笑った。

「おとなりはご夫婦でしたからね。べつに悪いことしてるわけじゃなし。仲がよろしくて、うらやましいわ」

うなずいたものの、光三郎はやはりうまく舌がまわらない。茶をすすって口を湿らせた。

「でも、あてられちゃうわね」

「はい。まったく……」

しばらく二人でうつむいていたが、おとくが立ち上がった。

「お酒でも飲みましょう。ちょっと待ってて」

「いえ……」

とは答えたものの、光三郎も、飲まなければいられない気分になっていた。女のあえぎ声はまだつづいている。

すぐにもどってきたおとくは、大ぶりの片口《かたくち》と湯飲みをふたつ手にしていた。朱塗りの片口には清《す》んだ酒がなみなみと入っている。

光三郎の手にもたせた茶碗に、おとくが酌《しゃく》をした。

「ほんとはね、わたしもいける口なの。お酒は大好き。おとっつぁんが大酒呑《の》みだったのよ」

つぶやきながら自分の茶碗にも酒をついだ。

「どうぞめしあがれ。わたしもいただくわ」

両手でだいじそうに湯飲み茶碗を抱いて口をつけた。

「おいしい」

にっこり笑って光三郎を見つめた。笑顔がほっと安心できる女だと思った。

光三郎も湯飲みに口をつけた。井戸で冷やしてあったのか、部屋の蒸し暑さを払う涼味があった。

「旦那さん用のが冷やしてあったのを、いただいてきちゃった」

舌を出して、また飲んだ。たしかにいける口のようだ。早く酔っぱらってしまいたいのかもしれない。

「わたしね、だめなんですよ」

おとくが、ぽつりとつぶやいた。

「だめというと……」

横座りになったおとくはうつむいて目をあわそうとしない。

「清麿さんのこと、だめなんです……」

「嫌気がさしたんですね。そりゃ、だらしない親方ですけど、根はいい人です。そんなこと言わずに、帰ってください。親方は、心底、おとくさんに惚れてますよ。見てればわかります」

おとくは、うつむいたまま首をふった。

「ちがうの……」

「えっ……」

「ちがうんです。わたし、あの人のこと、大好き過ぎてだめなの……」

「どういうことでしょう」

「好きなの。ほんとに好きなの。いっしょにいるとね、あの人のためになんでもしてあげたくなってしまうのよ。朝からお酒が飲みたいなら、わたしが働いて飲みたいだけ飲ましてあげる。気に入った刀が打てないなら、いつまでも打たなくていい。なんだっていいの。なんだって、あの人のすることが、好きでたまらないの。わからないでしょうね、男の人には……」

光三郎は、おとくをじっと見つめた。撫《な》で肩のやさしげな顔だが、芯の強い女だと思っていた。清磨を甘えさせることも多いが、ときに叱りつけ、酒を取り上げることもあった。そんなとき、清磨は怒りもせず、黙っておとくのいうことを聞いていた。

だからこそ、今夜、頼みに来たのだ。

「だけど、親方を叱ってたじゃないですか。前みたいに、酒を取り上げてくださいよ」

おとくが首を横にふった。

「あれがつらいの。ほんとはね、わたし、いっしょにあの人と飲みたいくらいなのよ。でも、二人して飲んでいたら、どうしようもないでしょ。だから、こころを鬼にして、叱ったのよ。でも、もうだめ。あの人のこと、好きなようにさせてあげたいの。わたしが帰ったら、あの人はよけいだめになるわ」

出て行ったのは、酒浸りの清麿にあきれたからだと思っていた。それならば、懇願すれば帰ってもらえる――。おとくがびしびし叱りつければ、清麿も立ち直ると考えていた。

いま、おとくが話したこころのうちは、光三郎にはちょっと理解できない。

「そんなことないでしょ。おとくさんだって、清麿親方に、立ち直ってもらいたいはずだ」

おとくが首をふった。

「いいの。好きにさせてあげましょうよ。わたしはあの人がどうなっても好きよ。たとえ酒毒がまわって寝たきりになったって好きよ。だって、可愛くてしょうがないんですもの、あの人」

清麿が可愛いというのは、光三郎にもわかる気がした。清麿という男には、とても無邪気なところがある。いい刀が大好きで、なまくら刀が大嫌いだ。こどもがそのまま大きくなったような男で、光三郎もそんな人柄に惹《ひ》かれて足繁《あししげ》く四谷に通っている。

「でも、せっかくの腕が泣いています。親方は当代一の名人です。刀を打たなければ、ただの飲んだくれだ」

すこし強い口調で言った。清磨の刀を待ち望んでいる武士は多い。光三郎としても、一振《ふ》りでも多く清磨の刀が世に残ってほしいと願っている。

「ふふ……」

おとくが笑っていた。

「あなたは、清磨さんの腕が好きなのね。わたしは、あの人のぜんぶが好きなの。あの人といっしょなら、地獄に堕《お》ちたってしあわせだわ」

光三郎には、もう口にすることばがなかった。

「だけどね。それじゃあだめだと思うから、出てきちゃったのよ。きっともっとしっかりした女の人があらわれるわ。あの人を立ち直らせるのは、わたしじゃだめ」

うなだれたおとくの白いうなじを見つめて、光三郎は酒をあおった。

となりの部屋の声は、もう聞こえない。

五

夜明けと同時に品川の宿を出て、海沿いの東海道を走って帰った。顔を見せたばかりの朝日が、海原を銀色に輝かせている。今日も、まだ暑そうだと思った。神明宮《しんめいぐう》のそばにさしかかると、うるさいほどに蟬《せみ》が鳴いていた。

日蔭町の店は、もう表の戸が開いていた。外でゆき江が水を撒《ま》いている。

「いま帰ったよ」

声をかけたがふり向かない。黙って桶《おけ》の水を柄杓ですくっている。

そのまま奥に入ろうかと思ったが、肩に手をかけた。

「わるかったよ。話がながびいてな」

ふり返ったゆき江が、悔しそうな顔で光三郎をにらみつけた。

「どんなお話ですか」

「決まってるだろ。おとくさんに、四谷に帰ってもらうように頼んだんだ」

「それだけですか」

「あたりまえさ。ほかに、なんの用があるんだい」

「品川なら、いろんな御用事がおありなんじゃございませんか」

「ばかを言うんじゃないよ。おまえ以外の女に手を出したりするもんか」

にらみつけていたゆき江が、光三郎に顔をちかづけて、衿元《えり》の匂いをかいだ。

「お酒くさい」

「ああ、ずいぶん飲んだからな」

あれから、おとくは大徳利《おおどっくり》を持ちだした。話をするつもりだったが、逆に、おとくがいかに清麿をだめにする女かを、さんざん聞かされた。

「おとくさんとですか」

「そうだよ」

「いやらしい。お師匠さんのおかみさんなんでしょ。二人っきりで飲んでたんですか」

「ああ、そういうなりゆきになってしまったんだ。しょうがないだろ」

走ってきたので、からだに残っていた酒が、全身を駆けめぐっている。

「お義父《とう》さんは、起きてるかい」

「はい。起きてますよ」

「じゃあ、ちょっと挨拶してこよう」

「あらたまってどうしたんですか」

「ああ、いまから四谷に行ってくる。脈がありそうだから、親方をつれて品川までおとくさんを迎えに行くのさ」

「まあ、きょうもお出かけですか」

ゆき江の目がつり上がったと思うと、二の腕のやわらかいところを、思いっきりつねられた。

奥に入って義父の吉兵衛に、朝帰りを詫《わ》びた。

「べつに女郎買いに行ってたわけじゃあるまいし、謝らなくたっていいですよ」

「はい。それで、申し訳ないんですが、きょうも四谷に行かせてもらいたいんです。よろしいでしょうか」

吉兵衛は、まだ五十の半ばで、いたって壮健だ。番頭の喜介《きすけ》も若いながらしっかりしているし、小僧も二人いるから、光三郎が留守をしても店が困ることはない。それでも、たびたび四谷に行かせてもらっているのが、婿養子の身としてはかなり心苦しい。

「かまいませんよ。刀屋が刀の用で出かけるんだ。立派な仕事です。清麿親方には、ぜひよい刀を打ってもらってください。わたしも楽しみにしていますよ」

刀屋の仕事だとの言葉が、光三郎の胸を突いた。

——売らなければならないのだ。

清麿が打つ刀を、もちろん光三郎も楽しみにしている。だれよりも楽しみにしている。

しかし、それは、清麿の刀を売りたいからではなく、自分の手で握りたいからだ。どれほどよく切れるのか、自分の手で試斬《しざん》してみたいからだ。

「いいですよ。売らなくても。蔵の肥やしにしたってかまいませんよ」

吉兵衛が、光三郎の心底を見透かしたように言った。

「そうですか」

「はは。あなたは、ほんとうに刀が好きですね。このまま刀屋をつづけていれば、売りたくない刀で蔵がいっぱいになりそうだ」

「いや、そんなことはしませんが……」

じつのところ、売りたくない刀ばかり溜め込んでしまいそうな自分に気がついて、光三郎は照れて笑った。好きな刀を売らねばならぬとは、なんと因果《いんが》な商売か。

「これを見ますか」

座敷のすみに、白鞘《しらさや》が置いてあった。

「拝見いたします」

吉兵衛が手にとって差し出したので、膝を進めて両手で受け取った。

額の高さにいただいて拝んでから、鞘を払った。

あらわれたのは、二尺三寸（約七十センチ）の反《そ》りの浅い刀である。

板目の地鉄は見るからに力強く頼もしい。

しかし、なによりも目をひくのは、まことに几帳面《きちょうめん》な互《ぐ》の目《め》である。丸みをおびた山と谷が、同じ調子で律儀《りちぎ》につらなっているので、単調といえば単調だが、よく見ればわざと調子を乱しているようなところもあって、目が離せない。山にも谷にも小沸《こにえ》がついているし、金筋《きんすじ》も入っている。木訥《ぼくとつ》さから見て若打ちだろうが、刀工の美質がたっぷりとあらわれた一振りだ。

「これは……」

顔を見ると、吉兵衛が笑っている。

「だれだと思いますか」

「まさか……」

「そのまさかですよ」

光三郎は、あわてて目釘《めくぎ》を抜いて、茎《なかご》をあらためた。

一貫斎正行

文政《ぶんせい》十三年八月日

几帳面な鏨《たがね》で、そう切ってある。

もういちど刀身を見つめた。

吸い寄せられた目が、離れなくなってしまった。

「こんなのは、初めて見ました。文政十三年（一八三〇）といえば、清麿親方が十八のときじゃないですか」

清麿は、本名を山浦環《たまき》という。一貫斎正行は、最初につけた号と刀工名で、清麿と改名したのは三十も半ばになってからだ。

「そうです。清麿さんの若打ちのなかでも、いちばん若いときの刀でしょうね」

「これは……」

刀から目を離して、吉兵衛を見た。

「ふっふっ」

刀屋の主人が笑っている。

「長く刀屋をつづけていると、いろんな刀に出会うものですよ。はい。いろいろな刀を拝見させていただきました」

「じゃあ、お義父《とう》さんの秘蔵品ですか」

「ひと目見たときから、手放したくなくなりましてね。これだけは、ずっと蔵の床下にしまってありました」

「蔵の床下？」

「おや、しまった。婿殿にはまだ内緒にしておくつもりでしたが、じつは、わたしも刀屋失格でしてね。売りたくない刀が何振りもあるんですよ」

そんな話を聞いたのは初めてだった。光三郎は、ことしの春に婿入りして、まだ半年にもならない。この家には知らないことがいっぱいありそうだ。

「なんだか、楽しそうな話ですね。いいわね、男の人は、好きなことが商売にできて」

ゆき江が座敷に茶をもってきた。

光三郎の手にした刀をのぞきこんだ。

「あら、几帳面ないい刀ね。わたし、お嫁に行くなら、こんな律儀な刀を打つ人がよかったわ」

口をとがらせて言ったので、吉兵衛と光三郎が、大きな声をあげて笑った。

六

四谷伊賀町の清麿の鍛冶場に行くと、細田平次郎が先に来ていた。

土間に莚《むしろ》をひろげて、刀を十振りばかりならべている。

「なんかよさそうなのはあるかい」

光三郎がたずねると、平次郎が首を横にふった。

「あいかわらずなまくら刀ばっかりだ。掘り出し物なんかあるものか」

一口に刀屋といっても、大名家に出入りする由緒正しい大店《おおだな》から、ちょうじ屋とおなじように旗本、御家人相手の店、店はかまえず日本橋や京橋界隈《かいわい》に莚をひろげて刀をならべる露天商まで、雲と泥ほどの開きがある。

平次郎は、ふだんから露店をこまめに覗いて、すこしでもましな刀があれば買ってくる。それに偽銘を切って売るのが、清麿の酒代になっている。

むろん悪事にはちがいないが、平次郎に言わせれば、目利《めき》きもできぬくせに、偽銘の刀に大枚《たいまい》を投じる侍が馬鹿なのである。

そう言われれば、そんな気もしてくるが、やはり気持ちのいい仕事ではない。

平次郎は、大慶直胤に鍛えられただけあって、鍛冶の腕はかなりいい。しかし、いかんせん、人間の卑しさが刀にあらわれてしまい、自分で打つとどうしても品のない下作《げさく》しかできない。それがいやさに、偽銘を切っては小銭を稼ぐ。そんなことをしているからよけい人間が卑しくなり、いまではまともな刀屋からは相手にされなくなっていた。

しかし、そこは蛇《じゃ》の道で、金の亡者はいくらでもいる。

自分の鍛冶場をもたぬ平次郎は、ここに来て鏨をあやつり、大業物《おおわざもの》の名刀を一日に何振りも生み出すのだ。

「けっ。まったく世の中は馬鹿が多いぜ。一振り八百文の束刀《たばがたな》に、正宗って銘が切ってあるだけで、三両払う抜け作がいるんだからな」

それらしく銘を切って、贋作《がんさく》ばかりあつかう露天商にもちこめば、けっこうな金になる。自分で刀を鍛えるよりよほど楽だから、いちど始めると、足を洗うのがたいへんだ。

「こないだなんか、おれが虎徹《こてつ》って銘を切った法城寺《ほうじょうじ》に五十両出した馬鹿がいたそうだ。やってられねぇな」

法城寺だって悪い刀ではないが、五十両はしない。虎徹も法城寺も、寛文《かんぶん》年間（一六六一—七三）の新刀で、姿といい、のたれの具合といい一見したところよく似ているから、茎《なかご》を鑢《やすり》で削って長曾祢《ながそね》虎徹と切ってしまえば、半可通《はんかつう》には見分けが付かない。それなりの拵《こしら》えをつければ、五十両くらい出す侍がいるだろう。

「まったくだ。馬鹿が多いさ。だけどな、馬鹿を騙《だま》すのはもうお仕舞いだ。これからは、目利きの目を大きく開かせるぜ」

平次郎が、鉄敷《かなしき》から顔をあげた。

「なんだい、そりゃ」

「偽銘なんざ、この鍛冶場じゃ、もう二度と切らないってことさ」

光三郎は、平次郎が手にしていた一振りを取り上げると、茎《なかご》をしっかり握り、刀の棟《むね》を思いっきり鉄敷の角に叩《たた》きつけた。

鋭い金属音がして、刀が真ん中からふたつに折れた。安物のなまくら刀は、棟を叩かれると折れやすい。棟に力がくわわった刀は、もっと反ろうとして、刃に無理な力がかかるからだ。

「なにするんだ」

立ち上がった平次郎が、光三郎の胸ぐらをつかんだ。

「これだって元手がかかってるんだ。どういうつもりか、はっきりさせてもらおうじゃねぇか」

平次郎は、光三郎と似たような年回りだ。光三郎のほうが体つきはよいが、平次郎は大鎚《おおづち》を振って鍛えた体だ。取っ組み合いをしたらほぼ互角だろう。

「どういうつもりもこういうつもりもないさ。親方に刀を打ってもらうんだ。偽銘が切りたければどっかよそで勝手に切るがいい」

「なに言ってやがる。おれは、親方の酒代を稼いでいるんだぜ。これをやめてみろ、親方は酒が飲めず、たちまち地面のうえの金魚みたいに、息ができなくなっちまうぜ」

清麿の腕に惚れているのは、平次郎も、同じにちがいない。清麿が好きだからこそ、酒を飲ませてやろうと、ここで偽銘を切っているのだ。

だが、そんなことをいつまでも許しておいてはいけない。親方には、刀を打ってもらうのだ。

「うるせぇぞ。いいかげんにしろ」

奥の四畳半から清麿の怒鳴り声が飛んできた。酒でつぶれてしわがれた声だ。

「もうしわけありません。光三郎のやつが、あんまりわかんねぇこと言うもんで、つい」

平次郎が謝った。

「親方、もう偽銘切りなんか、やめさせてください。それより、刀を打ちましょうよ。打ってくださいよ」

「そんなこと言ったたって、親方の気分がのらねぇんだから、しょうがねぇだろ」

平次郎が顔をくもらせた。ほんとうは、平次郎だって、清麿に刀を打ってもらいたいにちがいない。

「親方。いいものを持ってきました。これをご覧になったら、きっと刀が打ちたくなりますよ」

光三郎は、持ってきた刀袋から白鞘を取り出した。

「なんだ、刀かよ。どんな名刀をお目にかけたって、いまの親方の気分が奮い立つなんてことがあるもんか」

馬鹿にしきった顔で、平次郎が吐き捨てた。

「ところがちがうんだ。お願いです、親方。見るだけでも、見ておくんなさい」

清麿は布団のうえでしばらくぼんやりと考えているふうだったが、やがてのそのそ這《は》い出してきて、台所の框《かまち》に腰をおろした。

「だれの刀だ？」

澱《よど》んだ眼で、光三郎を睨みつけた。

「まずはご覧ください。きっと震えがきますよ」

ふんと鼻を鳴らした清麿が、白鞘を受け取った。

無造作《むぞうさ》に鞘を払い、刀身を見つめた清麿の顔がこわばった。

横からのぞきこんだ平次郎が、眉間に深い皺《しわ》を寄せた。

清麿がかたまったまま、ぴくりとも動かなくなった。

平次郎が、光三郎のそばに寄ってきて、耳元でささやいた。

「どんな手妻《てづま》をつかったんだ。悪い刀じゃねぇが、ありゃ凡作だ。だのに、なんで親方がかたまって動かなくなったんだ」

「へん。人様のことをさんざん馬鹿にしておきながら、おまえの目こそ節穴じゃねぇか。もういっぺんよく観《み》てみろ」

首をかしげた平次郎が、いまいちど刀を見つめた。

しばらく見つめて、あっ、と小さな声をあげた。

「そうか、そうなのか」

低声《こごえ》でたずねた。

「そうさ。そうなんだよ」

光三郎はうなずいた。

「いい刀だな……」

「けっ、いま凡作だって言ったばかりじゃねぇか」

「凡作だけど、なみの凡作じゃないぜ、あれは」

平次郎がしきりとうなずいている。

遠目に見ると、清麿の若打ちは、地鉄《じがね》が力強く、互《ぐ》の目《め》の刃文《はもん》が愚直なほど律儀に感じられた。それは、清麿の人柄のほんとうの姿に見える。

「親方。刀を打ちましょうよ。打ってくださいますね」

じっと動かなかった清麿が、刀を鞘に納めた。

「これはむかしの俺だ。いまとは、縁もゆかりもない正行っていう他人の作だ。こんなもの見たって、やる気なんざわかかねぇよ」

言い捨てると、板の間に上がって、大徳利に手をかけた。大事そうに抱え、欠けた湯飲みをそっと満たした。

「親方。おれは、その刀にぞっこん惚れました。でもね、もう一人惚れた人がいる。その人が、どうしても、親方のそんな刀がもっと見たいって言ってるんです。どうか、打ってあげちゃあくれませんか」

「けっ。お断りだね。公方《くぼう》様に頼まれたって打つ気なんかねぇよ」

縁《ふち》までなみなみと酒の入った湯飲みを、清麿がそっと持ち上げた。口のほうから近寄っていく。

「待っておくんなさい」

光三郎は、ふり返って外に声をかけた。

「おとくさん。お願いします。親方の酒を止めてあげてください」

開いたままの入り口から、おとくが姿を見せた。

「だめよ。いくらわたしが言ったって、この人は聞く耳なんかもたないよ」

おとくがうつむいて首をふった。

清麿は、自分の若打ちを見たとき以上に大きく目を見開いて動かなくなった。

「おめぇ……」

「ごめんなさい。わたし、帰ってくる気なんかこれっぽっちもなかったんだけど、この人がさ、その刀を持って来て……。それ見てたら、居ても立ってても居られなくなって、あんたのそばに置いてほしくなったのさ」

清麿は返事をせずに、じっとおとくを見すえている。

「いいよ。飲みたいんだろ。飲めばいいじゃないか。わたしが面倒見てあげるよ。浴びるほど飲んでおくれ」

黙って聞いていた清麿は、小さくうなずくと、湯飲みに口を寄せた。

すいっと湯飲みが傾いた。

湯飲みを置いた清麿が、立ち上がって、土間に降りた。

両の掌《てのひら》をまえに突き出して口をすぼめ、思い切りよく息を噴いた。酒がしぶきとなって、清麿の手を濡らした。酒に濡れた手で、清麿は手鎚《てづち》を握り、二度、三度、宙で振った。

「ぼやぼやするんじゃねぇぞ。さっさと炭を熾《おこ》さねぇか」

はじかれたように、平次郎が笊《ざる》に盛った切り炭を火床に入れた。

光三郎は、台所の竈《かまど》をかきまわしたが、火種《ひだね》はなかった。紙燭《しそく》をつかんで、となりに火を借りに走った。

帰ってくると、火床の炭のうえに、乾かした大豆の豆殻がのせてあった。紙燭の火をそこに移した。乾いた細い枝が、炎を立てて燃え始めた。

火床の前にすわった清麿が、鞴《ふいごえ》の柄を握って、前後にうごかし始めた。

「親方、おれがやります」

光三郎が声をかけると、清麿が眉間に深い皺を寄せた。

「馬鹿やろう。おめぇらみたいな下手くそにまかせておけるか。とっとと出雲の刃鉄《はがね》を持ってこい。まずは水減《みずへ》しからやるぜ」

「へい」

大声で返事をして、光三郎は刃鉄の入った重い木箱を、清麿のわきに運んだ。水減しは刃鉄の塊《かたまり》を赤めて薄く叩き延ばす工程で、作刀の第一歩だ。

おとくが、袖にたすきをかけて、四畳半に上がった。敷きっぱなしの布団をかかえて外に干している。

鞴が力強い風を火床に吹き出し、炭が赤く熾ってきた。

——きっといい刀が打てる。

光三郎は、なによりもそれが嬉《うれ》しかった。

康継《やすつぐ》あおい慕情

一

江戸の空に、秋の気配があった。

空の青みが日ごとに澄みわたり、絹糸をほぐしたような雲が、かすかにたなびいている。

座敷からながめる庭は、広々として手入れがよい。紅葉《もみじ》はまだ色づいていないが、秋あかねがたくさん飛んでいる。

向島《むこうじま》の料理屋の座敷から空をながめていた光三郎《こうざぶろう》は、あくびをかみ殺した。

「まったく、こんなところまで呼び出しておいて、待たせやがるったらありゃしない」

刀屋の光三郎は、御腰物《おこしのもの》奉行から呼び出しを受けて、指定どおり朝の四ッ（十時）に、この料理屋にやってきた。

もう一刻《とき》近くも待っているが、奉行はあらわれる気配もない。

江戸の市中とちがって、隅田川を渡ったこのあたりは、いたって閑静である。裕福な商人の風流な別邸がぽつりぽつりとあるだけで、あとはのどかな田地がひろがっている。稲穂はもう黄金色に実って頭《こうべ》をたれている。

「お見えでございます」

仲居の声がかかって、ふすまが開いた。

御腰物奉行黒沢勝義《くろさわかつよし》がはいってきた。

床の間を背負ってすわると、目だけでうなずいた。

「わざわざご苦労だな」

——勘当したっていうのに、しょっちゅう呼び出しやがって。

内心、光三郎は毒づいたが、口にはしなかった。あくまで御腰物奉行と刀屋としてつきあっている。頼まれるのは、いつも決まって、腰物方やふつうの刀屋に頼みにくい面倒な用向きばかりだ。

奉行の供をしてきた用人の加納嘉太郎《かのうかたろう》が両手をついて、光三郎に深々と頭をさげた。

加納は、手に持っていた黒い刀袋を、奉行の前に差しだすと、立ち上がって部屋を出て行った。

何代もまえから黒沢の家に仕えている加納にさえ聞かせられないほどの話なのかと、

いぶかしかった。

　黒い刀袋が気になる。

「刀のことでございますなら、いずこなりともうかがいます。しかし、ここは、いささか遠うございますな」

　光三郎が住む芝増上寺《しばぞうじょうじ》近くの日蔭町《ひかげちょう》からこの向島までは、江戸を、南から北まで突っきってほとんど二里半（十キロ）。朝早くからたくさん歩かされたのだから、愚痴のひとつは言っておきたい。

「ちと、外聞をはばかる委細があるゆえ、わざわざこんなところまで来てもらった。まずは、これを見てくれ」

　奉行が、黒木綿《くろもめん》の刀袋の紐《ひも》をほどくと、なかからもうひとつ黄色い刀袋があらわれた。派手な金襴《きんらん》ではなく、こういう地味な刀袋におさまっている刀は、たいてい名家の伝来品で、名刀が多い。

　さしだされた白鞘《しらさや》は、短く、幅が広い。

　うやうやしく両手で押しいただいてから、光三郎はしずかに鞘を払った。

　あらわれたのは、一尺二寸（約三十五センチ）たらずの身幅《みはば》の広い脇差《わきざし》である。

　光三郎は、刀身をながめて息を呑《の》んだ。

　みごとな彫り物がある。まっすぐ伸びた竹のところどころに葉がついている。

裏を返すと、梅の木。ゆったり伸びた枝に、大きな梅の花。

光三郎は、息もせず刀に見入った。

まずは彫り物に目を奪われたが、これは、刀匠とは別の専門の職人が彫ったものだ。

よく見れば、地鉄《じがね》がよい。小板目《こいため》がよくつんで、地沸《じにえ》が厚くついている。刃文《はもん》は、のたれに互《ぐ》の目《め》まじり。ただし、鎌倉や室町ごろの古刀《ことう》ではない。もっと新しい時代――。

茎《なかご》を確かめるまでもない。

徳川将軍家お抱え鍛冶《かじ》初代康継《やすつぐ》の作にまちがいあるまい。

竹と梅の彫り物が華やかだが、けっしてうわついたところのない脇差である。

康継といえば、家康に召されて駿河《するが》で打った駿州《すんしゅう》打ちが名高い。

二尺七寸ばかりの長尺が多く、えもいわれぬどっしりした迫力がある長大な刀である。黒ずんだ地鉄が、無口なつわもののようで、見ているだけでも鬼気迫るものがある。江戸城内の蔵で見たとき、光三郎は鳥肌が立ったものだ。

そんな質実剛健な作風が家康に愛されて、康継は「康」の一字をもらい、葵《あおい》の紋を茎に切る許しをたまわったといわれている。

この脇差は、またべつものだが、これはこれで悪くない。いや、たいへんすばらしい。

しずかに白鞘に納めると、ふたたび両手で押しいただいた。

「まことによいものを見せていただきました。初代康継の作のなかでも、じつにみごとな一振《ふ》りでございましょう」

光三郎のことばに、御腰物奉行がうなずいた。

「ああ、康継のなかでも、これほど出来のよいのはそうざらにあるまい」

「これは、紅葉山《もみじやま》の御宝蔵のものではございませんね」

光三郎は、念を押すようにたずねた。

江戸城内の紅葉山には、家康をはじめ、歴代将軍を祀《まつ》る霊廟《れいびょう》があり、宝蔵には伝来の武具、刀剣がしまってある。

この春まで、御腰物方に出仕していた光三郎は、そこで何振りもの康継を見たことがある。

一振り一振りの姿も地鉄も、はっきりと瞼《まぶた》の裏に焼き付いていて、いつでも思い出すことができる。

この脇差は憶えがなかった。

いずれ、どこかの大名か、大身《たいしん》の旗本の持ち物であろう。

御腰物奉行の顔をうかがうと、横を向いて庭を眺めている。

わざわざ向島くんだりまで呼びつけて、康継の傑作を見せた理由がわからない。

「ある旗本の持ち物をあずかってきた。名は詮索するな」

これほどの康継だ。先祖が家康から直接拝領したものにちがいない。旗本ならば、三河以来の古い家柄だろう。

「で、これをどうしろとおっしゃいますので？」

光三郎の問いかけに、奉行は庭をながめたまま答えた。

「売ってほしいのだ」

喉をつまらせた光三郎は、にわかに返事ができなかった。

奉行はこちらを向かず、目を合わせようとしない。これだけの康継を売るというのだから、持ち主に相応の事情があるのだろう。

康継を欲しがる幕臣は多く、値も高い。

初代康継の正真正銘《しょうしんしょうめい》の作、それもこれほどの彫り物がある脇差となれば、かなりの高値でも欲しがる侍がいるだろう。

「なぜ、わたしにご下命になります。……いや、それはそうか……」

考えてみれば、御腰物奉行が、おいそれと、売れる刀ではない。

これほどの康継を売ったとなれば、かならず評判が立ち、噂《うわさ》になるはずだ。

旗本のだれかに直接売るならば、まずは由緒、由来を明かさねばなるまい。

刀屋に持ち込んでも、もとの持ち主が詮索されるだろう。神君家康公からの拝領品であるならば、売り払った者が、咎《とが》めを受けることもありうる。

「おまえならば、人知れず買い手を見つけられるであろう。引き受けてくれぬか」

どうやら、詳しい事情の聞ける話ではなさそうだ。

「さて、いかがいたしましょうか……」

光三郎は、ことばを濁《にご》した。

「手数料として、売値の三分《ぶ》、歩《ぶ》を支払う。それでどうだ」

光三郎は、首を横にふった。

「五分《ぶ》でいかがでしょう」

それなら、五十両に売れても、二両二分の手間賃が入る。

御腰物奉行が、苦い顔でうなずいた。

「それで頼む」

「よろしゅうございます。お引き受けいたしましょう。しかし、さて、いくらで売れればよろしゅうございますか？　ご希望の値がございますか」

奉行がこちらに向きなおって、じっと光三郎の目を見すえた。

「五百両だ」

「それは高い。いくらなんでも、そんな高値では売れますまい」

康継は人気があるが、それでも正宗《まさむね》や長光《ながみつ》ほどの高値で売れるわけではない。

「茎《なかご》を見てくれ。それだけの値打ちのある刀だ」

奉行のことばを嚙《か》みしめながら、光三郎は目釘《めくぎ》を抜いて、柄《つか》をはずした。あらわれたのは、とんでもない銘《めい》だった。

二

あずかった康継を大事に抱えて、光三郎は、向島でちいさな猪牙舟《ちょきぶね》を雇った。

なにしろ、初代の康継、しかも由緒正しい品である。ひったくりになどあってはたいへんだ。

隅田川から江戸湾にでると、海の風が気持ちよかった。群青《ぐんじょう》の海に、白帆がたくさん行き交っている。船頭は腰をいれてぐいぐいと櫓《ろ》を漕《こ》ぎすすんだ。

芝の浜につけさせ、日蔭町のちょうじ屋に帰った。

「ただいま帰りました。ちょっと刀を見ていただけませんか」

吉兵衛《きちべえ》を奥の座敷に連れて行き、まず、なにも話さずに、刀を見せた。吉兵衛の刀の目利《めき》きは、なみたいていではない。

鞘を抜きはらった吉兵衛は、刀身を見てうなずいた。

なにもいわず、大きな目を見開いて、舐《な》めるように観ている。

柄をはずし、茎をあらためて、驚いた顔になった。

ていねいな鏨《たがね》で、こう刻んである。

　両御所様被召出《めしだされ》於武州江戸《ぶしゅうえどにおいて》御剣作御《おん》
　紋《もん》康之字被　下　罷　刻　籠《まかりくだされろうきざみあげる》　越前康継

　康継は、近江下坂《おうみしもさか》の生まれだが、のちに越前《えちぜん》に移り住んだので、越前康継と銘を切っていた。家康に気に入られてからは、江戸に移って、鍛冶場を開いた。

　銘は、家康と秀忠の両御所から江戸に召し出され、葵の紋と康の字をもらった時の記念に鍛えたという意味であろう。

　表を見ると、葵の紋と「奉納尾州熱田《びしゅうあつた》大明神」との銘が切ってある。

「康継は、江戸に出て来る途中、たしかに尾張《おわり》の熱田で刀を打って、大明神に奉納しています。腰物方にあった押形《おしがた》を見たことがありますが、まさにこの刀と瓜《うり》二つ。これはそのときの陰打ちだというんです」

　納得したという顔で、吉兵衛がうなずいた。

「なるほど。これだけの出来ばえです。まちがいないところでしょう」

「これも、やはり南蛮鉄《なんばんがね》をつかってるんでしょうか？　気のせいか、黒ずんでいる気がするんですが……」

　光三郎がたずねた。康継は、家康から拝領した南蛮鉄で刀を鍛えたことでも知られている。そのせいで、地鉄が黒っぽくぬめりとしているという説がある。

ただし、越前をはじめ、日本海側の鍛冶の刀は、地鉄が黒ずんでいるというのも、刀剣鑑定の常識である。

鉄《かね》は、その土地の海の色に似る。

相州鍛冶の鉄は、鎌倉の海のように明るく、越前鍛冶の鉄は、日本海のように暗い。

「南蛮鉄は黒っぽいという人もいますが、さて、どうでしょう。七代、八代あたりの代さがりの康継でも〝以南蛮鉄《なんばんがねをもつて》〟と銘に刻んでありますが、まるで黒ずんではいません」

「そういえば、そうですね」

「南蛮からの舶来品をありがたがって、ほんのひと欠片《かけら》だけ混ぜて、銘にそう刻んだのかもしれません。鉄のことは、打った本人にたずねてみなければ、分かりませんよ」

古い刀のことは、たしかに、よく分からないことが多いのだ。

それを、さも分かったふうな顔で講釈する者もいるが、吉兵衛は、分かることと分からないことを、はっきり峻別《しゅんべつ》している。

だからこそ、光三郎は吉兵衛の目利きに一目も二目も置いているのだった。

「いくらで売れますかね?」

定寸《じょうすん》の康継の刀なら、まず七十両あたりが相場だ。これは脇差だが、彫り物がいいし、なにより、両御所様に召し出されて――という特別な伝来品の陰打ちである。

「さて……、短めの脇差ですが、初代のもので、これだけ立派な作で、しかも特別な銘が切ってあるのですから、三百両くらいなら買う人がいるかもしれませんね」

たしかにそのあたりが、いいところかもしれない。

「五百両で売ってくれ、と頼まれました」

「すこし高めの値ですね……」

刀を白鞘に納めながら、吉兵衛がつぶやいた。

白鞘を膝にのせた吉兵衛は、背筋をすっきり伸ばし、目を閉じている。髷《まげ》に白いものの混じる歳だが、毅然《きぜん》としたこころの強靱《きょうじん》さを、内に秘めているようだ。

光三郎は、そんな吉兵衛に惹《ひ》かれてこのちょうじ屋に通うようになり、娘ゆき江の婿になってしまった。

「先日、刀屋の寄合《よりあい》で、日本橋の相州屋さんに、初代の康継があれば、いくらでも高く買うといわれました。五百両ならなんとかなるかもしれません。とにかく相談してみましょう」

瞼《まぶた》を開いた吉兵衛が、つぶやいた。

「そいつは間がいい。わたしが持って行ってもかまいませんか」

しばらく黙って考えてから、吉兵衛がうなずいた。

「そうしてください。刀屋同士の商売は、お客さまに売るより厳しいですから、きっといい勉強になるでしょう」

翌朝、光三郎は、小僧に康継を持たせて、日本橋にでかけた。

相州屋は、間口の広い大店《おおだな》で、朝から刀を買い求める客でにぎわっていた。

ここであつかっているのは、いずれ劣らぬ名刀ばかりである。鞘や鐔《つば》の拵《こしら》えもぜいたくな品が多い。店先で抜き身の刀を吟味しているのは、裕福そうな侍ばかりだ。

光三郎も、若いころから、父についてしきりとこの店に出入りし、刀を見せてもらった。

小僧に日蔭町のちょうじ屋だと名乗ると、すぐに主人の弥平《やへい》があらわれた。五十がらみの男で、上等な紬《つむぎ》を着ている。

「これはこれは、御腰物《おこしもの》奉行黒沢様のご子息ではございませんか。お久しぶりでございます」

わざとらしく大仰《おおぎょう》に手をついて挨拶した。勘当を知らぬはずはないのに、意地悪く大声を出したように思えた。

「いえ。勘当になりまして、いまは、黒沢の家とは、なんの関係もない身。町人となり、日蔭町のちょうじ屋に婿に入りました」

光三郎は、身を縮めて低声《こごえ》で挨拶した。

「そうでしたか。それは、存ぜぬこととはいえ、失礼いたしました」

「今日は、康継を持ってまいりました。ご覧いただけますか」

耳もとで告げると、弥平の目が光った。

「初代ですか」

「そうです」

「奥へおいでください。じっくり拝見いたしましょう」

奥の広い座敷で、康継を舐めるように観てから、弥平が切りだした。

「すばらしい康継でございます。ことに銘が特別だ。単刀直入に、値をつけさせていただいて、よろしゅうございますか？」

厚いくちびるとぼってりした瞼が、さも、金に吝《しわ》い男に見える。

「お願いいたします」

「では、三百両でいかがでしょう。よいお値段だと思います」

たしかに悪い値段ではないが、それでは不足だ。光三郎は首をふった。

「では、三百五十両ではいかがで？」

光三郎が首を横にふると、弥平は腕を組んだ。

「ふむ」

しばらく黙って光三郎を見すえてから、いまいちど、柄《つか》をはずして、茎《なかご》を眺めた。

「いったい、いくらお望みで」

「五百両です。お客さまのご希望で、五百両でなければお譲りできません。それ以下の値段でしたら、よそに持っていくしか……」

弥平が首を激しくふった。

「いけません。よそに持っていかれては困る。うちも、店の暖簾《のれん》にかけて、康継の最上作を探している。さすがに五百両で買っては、儲《もう》けがありませんが、こんな特別の銘だ。いたしかたない。その値段で手を打ちましょう。では、気の変わらぬうちに……」

弥平が手を叩いて鳴らすと、ふすまを開けて、番頭が顔を見せた。

「五百両、用意してくれ」

つぶやくと、番頭が頭をさげた。

「かしこまりました」

しばらくして、番頭が、黒い金具で頑丈にこしらえた木箱を運んできた。

「おあらためください」

蓋《ふた》を開くと、なかに二十五両の包みが、二十個きちんとならんで入っていた。

「たしかに」

「荷車を用意しましょうか」

一枚たかだか三匁《もんめ》（約十一グラム）の天保《てんぽう》小判だから、五百両でもさしたる重さではない。しっかりと風呂敷《ふろしき》でつつんで、連れてきた小僧に担がせてもよかったが、それではどうしても物騒《ぶっそう》である。

「お願いいたします」

「雇いの侍がおりますので、送らせましょうか」

「それも、お願いいたします」

すぐに仕度《したく》がととのった。

光三郎は、桃太郎になった気分で、日蔭町に向かって凱旋《がいせん》した。

道すがら、光三郎はすくなからず興奮していた。

——五百両で売れた。

手数料は五分の約束だから、二十五両がちょうじ屋に入ってくる。たった二日の商いで、濡《ぬ》れ手に粟《あわ》もいいところだ。

店に帰って、吉兵衛に報告した。

「五百両で売れました。最初は三百両といわれたのですが、ねばりました」

初めての大商いに、光三郎は声の弾んでいるのが自分でもわかった。

右から左にすぐ売れたというのに、吉兵衛はさして驚きもせず、淡々としていた。

「そうですか。あんまりお誂《あつら》え向きに売れると、ちょっと気味の悪い気もしますね……」

かえって水をさすようなことを言うのである。

木箱の蓋を開き、五百両の金を、座敷で開いて見せたが、吉兵衛は、さして嬉《うれ》しそうでもない。ただうなずいただけなので、光三郎は、鼻白んだ。

——婿が、自分の力で大きな儲けをしたので、気にくわないのか。

そんなふうに思った。

番町《ばんちょう》の黒沢屋敷に小僧を走らせて、支払いをどうするかたずねさせると、明日、向島の料理屋に届けるように言付《ことづ》かってきた。

翌朝、近所の浪人を二人雇って、屋根付きの船を仕立てた。

木箱を積み込んで芝の浜から海をわたり、隅田川をさかのぼった。

料理屋には、御腰物奉行が先に来ていた。

五分の手数料を差し引いた四百七十五両をわたした。

「ごくろうだったな」

金を受け取った御腰物奉行は、いつになく、深々と頭をさげた。

ただそれだけのことで、茶の一杯も飲ましてもらえず、光三郎は、料理屋の鄙《ひな》めかした茅葺《かやぶ》き門をあとにした。

康継を売ってから、光三郎は、なにか忘れ物をしたようなみょうな気がかりが残ったまま日を過ごした。

三

秋が深まって、日ごとに空の青さが冴《さ》えていく。

「いいお天気ですこと。そろそろ海晏寺《かいあんじ》の紅葉《もみじ》がきれいでしょうね」

昼下がりに店の客がとだえたところで、妻のゆき江が茶をいれてくれた。

品川の海晏寺は、紅葉の名所である。ちかくの御殿山《ごてんやま》とともに、江戸の者たちのかっこうの遊楽地になっている。

紅葉のむこうには、品川の海がひろびろと眺められて、たしかに気持ちがよかろう。

近くの茶屋に腰をおろせば、気のきいた料理のひとつも出てくる。芝とは目と鼻の先ながら、一日遊べば、命の洗濯になる。

ゆき江は、湯飲み茶碗を置いても、奥に引っ込むようすがない。

光三郎は、聞こえないふりをしていたが、義父の吉兵衛が茶をすすりながらいった。

「行ってくればいいじゃないですか。婿殿だって、たまにはゆっくりしたほうがいいでしょう。刀以外の美しいものを見ておくのも、目の肥やしですよ」

ちょうじ屋は、月の一日と十五日が休みだが、光三郎は、その日も研師《とぎし》のところをまわったり、あるいは刀の押形《おしがた》をとったりして、休んだことがない。

「そうですね」

休まずに働いているのは、べつに婿の立場を気づかってのことではなかった。ただひたすら刀が好きで、刀を見ていたいからなのだ。

「行ってみるか……」

ついそんな気になったのは、

——刀以外の美しいものを見ておくのも、目の肥やし……。

という吉兵衛のことばが気にいったからだ。

たしかに、刀しか知らぬようでは、刀屋として半人前である。四季折々の美しい風雅を愛すればこそ、鐔《つば》や目貫《めぬき》、小柄《こづか》、笄《こうがい》の彫り物にも気配りが行き届き、雅趣にとんだ拵《こしら》えができるというものだ。

刀屋は、刀だけを目利きして売っていればよいのではない。それぞれの刀や持ち主の好みにふさわしい拵えを仕立てるのもまた、腕の見せどころだ。

そんなことを思いながら茶をすすっていると、店の前に辻駕籠《つじかご》が停《と》まった。

駕籠かきが、垂《たれ》をはね上げるのも待ちきれず、なかから、女が飛び出してきた。

武家の妻女らしいが、下女も連れず、ずいぶんあわてている。顔がけわしく、目がつり上がっている。歳は三十くらいか。

店に飛び込んでくるなり、光三郎を主人と見たらしく駆け寄ってきた。

「返しなさい。うちの刀を返しなさい。あなたが一味なのは分かっています。返さなければ奉行所でも御目付でも訴えて出て、こんな店、潰《つぶ》してもらいます」

ずいぶん興奮している。なにをいっているのか、よく分からない。吉兵衛や番頭、小僧たちも、きょとんとしている。

「お待ちください。なんのお話でございましょうか。とんと合点がいきませぬ」

「しらばっくれるのはおよしなさい。すべて露見しています。お出しなさい。うちの康継をすぐにお出しなさい。さあ、どこにあります」

康継、と聞いて、合点がいった。

このあいだの康継のことだろう。やはりなにか訳ありだったのだ。

光三郎は、両手をついて平伏した。

「とにかくお話をうかがいますので、奥へお通りくださいませ」

女は、けわしい顔で店のなかを見まわしていたが、老主人と若主人、番頭と小僧まで、みなが手をついて平伏しているのを見て、すこしは気持ちを落ち着かせたらしい。

縞《しま》の小袖の衿《えり》をかき合わせ、あごを引いてうなずくと、履き物を脱いで店に上がった。

奥の座敷に通した。

「いったいどういうお話でございましょうか。まずは、詳しくお聞かせください」

光三郎は、ていねいに頭をさげた。

いきり立っていた女の顔が、とたんに崩れて泣き顔になった。眉間に寄った皺《しわ》が、悔しげだ。

必死でこらえていたこころの堰《せき》が崩壊してしまったのだ。渦巻いている激情がこみあげてくるらしい。

まっすぐすわっていることさえできず、片手をついて俯《うつむ》き、体をふるわせて嗚咽《おえつ》をもらしている。

泣きたいだけ泣かせてやろうと、光三郎は思った。

穏やかな秋の昼下がりに聞く女のむせび泣きには、しめやかな艶《つや》があった。

縁先の狭い庭から青空をながめ、女の嗚咽を聞いていると、この世のことは、なにもかもままならぬのかと思った。

茶を持ってきたゆき江は、遠慮して、敷居から入らず、盆のままそこに置いてさがった。

泣き声がしだいに途切れがちになり、細くかすれてきた。

女は、なんどか小さくしゃくり上げ、しばらくそのままじっとしていた。

やがて、息をととのえると、俯いたまま懐紙《かいし》で目のまわりを押さえた。

気をもちなおした顔つきでまっすぐ座り直し、光三郎を見すえた。

「あなたは、橋本監物《はしもとけんもつ》の手先となって、早乙女《さおとめ》家の家宝康継を巻き上げ、家を断絶させるつもりですね。どうです、言い逃れできますか」

にらみつける顔が、きりりと引き締まって美しい。

「お待ちください。その橋本監物というお方を存じ上げません」

光三郎のこたえを聞いて、女のまなじりが、またつり上がった。

「しらばっくれても無駄です。康継をすぐに返せばよし、返さぬとあらば、御老中に訴え出て、この店を取り潰してもらいます」

さきほどから、奉行所や御目付の名をちらつかせていたが、それがこんどは老中になった。虚勢にちがいないが、そこまでいうからには、なにかよほどの出来事があったのだろう。

「申しわけございませんが、正直なところ、どういうお話か、理解いたしかねます。いますこし、詳しくお話しくださいませんか」

女の顔がとまどった。乗りこんで、奉行所や老中の威光をちらつかせれば、なんとかなると思っていたのかもしれない。

「お客さまがお見えです」

ふすまをすこしだけ開いて、ゆき江が告げた。

「いま、取り込み中だ。あとにしてもらえ」

「それが……」

「なんだ」

「黒沢様です。とりいそぎの御用だとか」

「黒沢様が、ここへ……」

声をあげたのは、女の客だった。

「お知り合いか」

「はい、わたしの父、いえ、父のようなお方です」

女の答えを聞いて、光三郎は、腰を抜かしそうになった。

四

座敷に入ってきた御腰物奉行黒沢勝義は、深緑の頭巾《ずきん》で顔を隠していた。

頭巾をとると、苦虫を嚙みつぶしたような顔があらわれた。

「町場の刀屋に出入りするとなれば、やはり気をつかうわい」

けげんそうな顔をしている女にむかっていった。

「黒沢様、こちらの刀屋さんは……」

「ああ、一味ではない。さえ殿の早合点だ」

「まあ……」

「わしの言い方が悪かった。たしかに康継をあずけたのは、このちょうじ屋だが、橋本と直接のつながりはない。もう一軒、べつの刀屋が、一枚かんでおるのだ」

「御奉行様」

光三郎が手をついて頭をさげた。

「うん？」

「なんのお話か、手前どもには、さっぱり分かりかねます。すこしご説明願えませんか」

「ああ……」

奉行が、きれいに剃《そ》り上げた月代《さかやき》を撫《な》でた。ばつの悪そうな顔だ。

「まったく馬鹿げた話だ。橋本監物という旗本に、してやられた」

「どういうことでございますか」

「ふむ。順を追って話さねばなるまいな」

「お願いいたします」

奉行がうなずいて、くちびるを舐《な》めた。

「このさえ殿はな、わしの若いころの親友、早乙女正治《まさはる》の一人娘だ」

「さきほど、御奉行様のことを父だと……」

光三郎が口をはさんだ。

それが事実なら、自分とは血のつながった姉である。

「いえ、父のようなお方と申し上げたのです。父の早乙女が亡くなってから、なにかにつけて、こころを砕いていただいておりました」

奉行が苦笑している。

「安心せよ、黒沢家のほかに子はおらぬ……、はずじゃ」

冗談にしたって笑えない。光三郎は、口をゆがめた。

「はは、わしのことを木石《ぼくせき》と思うておったか。これでも、恋もすれば、想い人もおった。むかしの話だがな」

その言い方に、こんどは、さえがけげんそうな顔をしている。

「ああ、この刀屋、勘当したゆえ、いまは他人だが、もとはといえば、わしのせがれだ」

「まあ、さようでございましたか」

さえが、しげしげと光三郎の顔を見ている。

「早乙女は、一刀流の道場で、まだ元服前からの稽古《けいこ》仲間だった。あのころは、わしと道場で一、二を争っておった」

にわかには信じがたいが、父から、よくそんな自慢を聞かされた憶えがある。

「亡くなったのは、もう十五年ばかりも前になるか」

「はい。来年が十七回忌でございます」

そういえば、幼い少年の日、背の高い旗本がときおり屋敷に遊びに来ては、庭で、父と木剣の稽古をしていたのを思いだした。早乙女という名だった。

「早く死んでしまいおって」

奉行の目が宙をにらみ、詠嘆の口調になった。

「ご病気でしたか」

光三郎がたずねた。思い出に耽《ふけ》られては、事情が理解できない。

「ああ、早乙女は、大御番《おおごばん》の組頭《くみがしら》をしておったのだが、突然の熱病でな。あっけなく死んでしまいおった。まだ三十五であったな」

「父が亡くなったとき、ひとり娘のわたしは十五でございました。婿をもらわねば家が絶えてしまいます。親戚の叔父たちに頼りになる者がおらず、黒沢様が婿殿を探してくださいました」

「三河以来の家だ。いまは六百石にけずられてしまったが、むかしは三千石あったというではないか。そう簡単に、絶やしてはならぬであろう。もうすこし歳がいっていれば、おまえでもよかったのだがな」

奉行が、真顔で光三郎を見ている。冗談ではないらしい。

「よい婿殿をさがしていただいて、母上は、いつも感謝しておりました。黒沢様のおかげで、早乙女の家がつづいたというのが口癖で……」

なるほど、つまり、御腰物奉行が末期養子《まつごようし》の段取りをととのえたということらしい。当主が急死したさい、跡継ぎがいなければ、その家は取り潰しになるのが本来の武家法度《はっと》である。

しかし、その禁令は、江戸時代をつうじて、しだいに緩和された。死に際に、養子縁組をして跡取りを決めれば、それでよしとされるようになったのである。

「きぬ殿が、苦労するところなど、わしは見とうないゆえにな。母者を大切にしてくれそうな婿を探したのよ」

奉行が、縁先の狭い庭に目をやった。

きぬ殿というのは、早乙女の妻女なのだろうが、奉行も若いころからの知り合いなのか。

「しかしな、世の中というのは、いたるところに魔がひそんでおる。早乙女の家に、せっかくよい婿が来て平穏にすごせていたというのに、その婿が、先日、突然亡くなったのだ」

「なんと……」

光三郎は、二の句がつげなかった。

「婿もやはり、大御番の組頭を務めておったのだが、心の臓の病《やまい》であっけなく亡くなった。そこで、また問題が起きた」

「跡継ぎですか」

また、同じ問題が起きたのだろう。

「そうだ。仲睦《なかむつ》まじい夫婦であったと聞いておるが、残念ながら、子にめぐまれなんだ。それで、またしても、跡取りが問題になった。早乙女の遠縁で十八の男子がおるゆえ、それをもらおうと、親族一同で相談がまとまったそうだ。そこまではよかった。しかし、大御番頭が、首を縦にふらぬのだ」

末期養子の届けは、上役を通じて出すから、頭《かしら》が承諾しなければ、願い立ての書類さえつくれない。

「なぜでしょうか」

「判元見届《はんもとみとどけ》をしておらぬというのだ」

光三郎は、首をかしげた。

「さようなもの、いまどき、本当にする者はおらぬでしょう」

判元見届は、末期養子に欠かせぬ手続きだ。

当主の死の床に、上役である頭か支配、あるいは目付が派遣されて、当主がまだ生きているのを見届けたうえで、末期養子の申請を確認する手順である。

その場には、家族と親類縁者はもとより、同役まで顔をそろえていなければならない決まりになっている。

判元見届がなされて、はじめて、頭や支配は、末期養子の届けを老中や若年寄に提出することができる。

もとは厳格な制度だったかもしれないが、いまでは、しだいに形骸化している。

ことに、急死の場合などは、そもそも今際《いまわ》のきわに立ち会って見届けることなど不可能だ。

「たしかに、いまどき、さようなものを厳密に求める者はおらぬ。しかし、早乙女のお役は、大御番の組頭でな。なかなかそれがうるさいと聞いた」

大御番は、江戸城二の丸の警固が重要な仕事である。将軍の先手《さきて》をつとめる部隊だけに、つねに戦時の態勢をとっているし、旧来の習慣をくずしていない。

交代で、京、大坂の在番勤務もある。

一日三交代で泊まり番もしなければならない。

大御番頭は、十二人いる。

その配下にそれぞれ組頭四人、五十人の番士がいて、与力《よりき》十騎、同心二十人がつく。

各大御番頭の下に補佐役として四人ずつの組頭がいる。

早乙女はその組頭の一人だったという。

黒沢勝義が、舌を打ち鳴らした。

「早乙女の上役の、大御番頭橋本監物という男が、判元見届はいらぬかわりに、金を出せといいおったのだ」

「金ですか。いったいいくら出せというのです」

「親戚の者が、五百両だといわれたそうだ」

聞いて、光三郎は腹が立った。

「まったくそんなことをしているから、侍がだめになるんだ。きっぱり断ったらいいでしょう」

「そうもいくまい。末期養子をとらねば、家は取り潰し、禄《ろく》は返上。きぬ殿とさえ殿の母子は、路頭に迷わねばならない。住むところもない、飯も食えぬとなったら、なんとする」

光三郎は、くちびるを嚙んだ。世のなかには、杓子定規《しゃくしじょうぎ》にいかないこともある。

「しかし、なんでもかんでも袖の下をはらえばすむという風潮は、なんとかならんのですか」

「ああ、そのとおりだ。たしかに、なんとかせねばなるまい。しかし、二百年あまり、ずっとそんなふうにやってきた。今日いうて、明日変えられるものではなかろう」

腹は立つが、いま、それを責めてもどうにもならない。

「それにしても、五百両とは、法外でしょう」

「橋本監物一人が取るのではないという話だったそうだ。十二人いる大御番頭が、それぞれ三十両ずつ受け取り、他の三人の組頭が二十両ずつ。残りは、目付へわたすといわれれば、是非《ぜひ》はべつにしても、筋道はたっておろう」

「そんなものですか……」

「わしも、大御番の習慣は知らぬが、大御番は、お役をつとめるのに、やたら金がかかると聞いておる。その金で上方在番の餞別《せんべつ》やら、武具甲冑《かっちゅう》の修繕、馬が突然死んだときの購入費にあてるといわれれば、うなずけぬ話でもない」

光三郎は黙した。

もと父である奉行の下で見習いしかしなかった自分には、分からない世界が、江戸城中にはひろがっていたらしい。

ことに大御番は将軍のそばにつくだけに、さまざまな旧弊を残しているのだろう。

「しかし、大御番頭といえば大身のはず。たかだか三十両くらいもらっても、仕方ありますまい」

「たしかに万石取りの者もおるが、五千石より下の者もおる。五千石でも、侍、弓衆、鉄砲衆から、草履《ぞうり》取り、弁当持ちまで百人もの兵を養わねばならぬ。手許《てもと》金の三十両は貴重であろう。……いや、そういわれたわけではないが、そのように推察はできる。わしも、そう思うた」

家格が高ければ、それだけ大勢の侍を食わせて、指物《さしもの》、軍装からふだんに着る物まで用意しなければならない。入り費はいくらあっても足るまい。

「早乙女の家は六百石だ。いきなり、五百両などといわれても、用意はできぬ。親族一同相談したが、どうにも集まらぬ。わしが立て替えられればよいが、黒沢の家にもそんな金はない」

六百石の家でさえ、侍、鑓《やり》持ち、馬の口取り、挟箱《はさみばこ》持ちなど、十三人を抱える規定がある。ほかにもまだ下男や下女を家に置いておかねばならない――。

家を維持する苦労は、光三郎の知らぬところながら、想像のできる年齢になった。

「……それで、伝来の康継を売ることにしたのですか」

「そうです。母上と相談いたしまして、それ以外に、早乙女の家がつづく方途はないと決めました」

早乙女さえが、いった。

いつの間にか、顔から憂いが消え、まっすぐ光三郎を見すえている。

「それなら、万事丸く収まったのではありませんか。五百両の金子《きんす》は、大御番頭の橋本なにがしにわたしたのでしょう」

手間賃として光三郎がもらった二十五両の不足くらいなら、なんとかなったはずだ。

「わたしました」

さえの顔がくもった。

「ところがその橋本が食わせ者だった。まったく許しがたい阿漕《あこぎ》な頭だ」

「どうしたんですか？」

奉行の眉間に深い皺が寄った。

「金を受け取っておきながら、願い立ての書き付けをつくる段になって、みょうなことをいだした。早乙女の家に、家康公から拝領した康継があるはずだ。ちゃんと伝来しておればよし、大切な神君からの授かり物、もしも、失ったなどということがあれば、願い立ての書き付けはつくれぬ。いちど見せろといいだしたそうだ」

「それは……」

「ああ、知っておったに違いない」

「すべては、橋本のはかりごと。そもそもは、話を進めていた叔父が、ころりと騙《だま》されていたのです」

「見ぬけなんだわしも不覚であった。その点は、きぬ殿、さえ殿に、いくえにも詫《わ》びねばなるまい」

「ということは、ひょっとすると……」

「わしも、いろいろ手づるをつかって調べてみた。橋本は、日本橋の相州屋と結託しておるのだ。早乙女の家が、拝領の康継を売りに出すと見込んで、高値で買うとふれまわらせておいたのだ。実際に五百両の金は払うものの、それは、あとですぐ付け届けとして、自分のところに返ってくる」

「康継の刀がただで手に入るという算段ですか……」

光三郎はあきれた。

それで幕臣かと腹が立った。

腐りきった侍が大嫌いで、よろこんで勘当された光三郎だが、そんな悪辣《あくらつ》な男がいるなら、侍のままでいて、天誅《てんちゅう》をくわえてやればよかったとさえ思った。

「まったくうまく考えおった。いまどき、初代康継とはいえ、右から左に五百両の金を出す者はそうざらにおるまい。主だった刀屋に声をかけておけば、まず間違いなく、手に入る寸法だ。してやられたわい」

そういう話では、目付に訴え出るわけにもいかない。橋本はそこまで考えて、作戦を練ったにちがいなかった。早乙女の家をつぶせば、あらたに組頭になる家から賄《まいない》がとれる。

「たしかに悪巧みのはたらく男にございますな……。その橋本は、康継を売って、金にするのでしょうな」

光三郎がたずねると、奉行が首をふって月代《さかやき》をなでた。

「ところが、そうでもないらしい。根っから刀好きの男でな、ほんとうに康継のよいものが欲しかったらしい。ちかごろは、よい拵えをつけて、自慢げに差して登城しておるというわい」

「まこと、腹立たしいかぎりにございます」

早乙女さえが、くちびるを嚙んだ。

「刀好き……なのでございますか、その橋本は」

そのことばに、光三郎はひとすじの光明を見いだした気がした。

「ああ、そうらしい。康継の刀に、ぞっこん惚れ込んでおるらしい」

奉行がまた月代をなでて、顔を曇らせた。

「それならば、なんとかなるかもしれません」

「ん？　どうするというのだ」

「金目当てなら、なんともなりませぬが、康継の刀が目当てとあれば、手の打ちようがございましょう」

「まことですか？　たとえ家は断絶となりましても、あまりの仕打ち、あまりの悔しさ。母などは、衰弱して寝込んでおります」

「それを聞いて、わしもこころが痛む」

奉行がつらそうな顔になった。

かねて、光三郎の前では見せたことのない顔つきだった。

「おまかせあれ。あの康継の脇差、取り返してご覧にいれましょう。あわよくば、五百両の金子をつけさせることもできましょう」

「そんなことができるか」

「うまくいくかどうかは、わかりません。しかし、わたしも乗りかかった船。やるだけのことはやらせていただきます。ただ……」

「なんだ？」

「しばらく時間かせぎはできますでしょうか」

光三郎は、奉行と早乙女さえを見くらべながらたずねた。

「さように長くは待てぬぞ。どれくらいだ」

「急ぎまして、半月……」

「それくらいなら、叔父様にお願いして、なんとか引き延ばしていただきます」

さえが、うなずいた。

「かしこまりました。いささか仕込みが必要でございますので、お待ちいただければ幸いです」

光三郎は、手をついて深々と頭をさげた。

五

秋の陽光が冴《さ》え冴《ざ》えと気持ちのよい日、光三郎は汐留《しおどめ》に行った。手に、長い風呂敷包みを持っている。

汐留には、江戸十一代康継の屋敷がある。二百坪ばかりの敷地に、家と煤《すす》っぽい鍛冶場が建っている。ちかくまで行くと、鍛錬の鎚音《つちおと》が、ここちよく響いていた。

——やってるな。

鍛冶屋の鎚音を聞くと、光三郎は、わくわくしてくる。山吹《やまぶき》色に沸《わ》いた鉄《かね》が、鉄敷《かなしき》のうえで鍛錬され、すばらしい刀となる光景が、瞼の裏にうかんでくる。

初代以来、幕府お抱え鍛冶であった康継は、嘉永《かえい》のころ、十一代目を数えていた。初代康継は、越前に住み、越前松平家から禄を受け、さらに徳川将軍家の禄も食《は》んでいた。

つまり、両家のお抱えとなっていたのである。

一年交代で江戸に出府して、刀を打っていたが、三代目になって、お定まりのとおりに跡継ぎの問題でもめ、江戸康継家と越前康継家の二家にわかれた。

それ以降――

江戸康継は徳川家

越前康継は越前松平家

それぞれのお抱え鍛冶として、連綿と刀を鍛えつづけていた。

煤けた鍛冶場の入り口に立つと、閉ざした木戸のむこうで、激しい鎚音が響いている。

――三挺掛《ちょうが》けだ。

三人の弟子が、連続して大鎚をふるっているのだ。

窓も木戸も閉ざしているのは、鉄敷のうえの鉄の色を、闇のなかでしっかり見さだめるためである。

鎚音が止んだので、声をかけようと思ったら、内側から窓と木戸が開かれた。

鍛錬が一区切《ほど》りしたようだ。

鍛冶場の火床の前に、江戸十一代栄之丞《えいのじょう》康継がすわっていた。四十がらみの栄之丞は、月代も無精髭《ぶしょうひげ》も伸び放題である。

――鍛冶屋は、刀のことだけ気にしていればいい。

それが口癖のいたって無骨な男であった。

「ごめんください」

声をかけると、栄之丞がこちらをむいた。

「めずらしいな」

つぶやいたきり、火床に目をもどしたのは、なにか気になることでもあるのか。

「どうしたんですか？」

「なに、炭のつぎ足し方が悪いから、弟子を叱っていたんだ。笊《ざる》に八分盛れといってるのに、七分だったり、九分だったりしやがる」

「すみません」

若い弟子が頭をさげた。

段取りを大事にする鍛冶屋は、炭のつぎ方ひとつにしても、細心の注意をはらっている。

「どうしたんだ、今日は？」

光三郎は、まだ元服前から、この鍛冶場にしきりと足を運んでいた。

十年前、ときの将軍家慶《いえよし》が、日光東照宮に参拝したときのことだ。

先代の康継に、奉納の太刀を注文した。

御腰物奉行黒沢勝義が、先代の康継をお城に呼びだして、鍛刀を依頼したのだった。

二尺七寸を超す長大な太刀を鍛えると聞かされて、光三郎は、どうしても見たくてたまらなくなった。父親に頼んで鍛冶場に連れてきてもらい、鍛錬を見せてもらった。

できあがった太刀のどっしりした姿は、いまでも忘れない。

それ以来、しばしば鍛冶場をのぞきに来た。ときには、炭切りや向鎚《むこうづち》まで手伝ったことがある。

黒沢の家を勘当になったときはちゃんと挨拶に来たが、栄之丞は、そうかい、とうなずいただけだった。

「親方に、見ていただきたい刀があるんです」

「ふん。なんだ？」

栄之丞康継が、首の骨を鳴らした。

「まあ、ご覧ください」

風呂敷包みをほどき、包んであった刀袋から、白鞘を取りだした。

受け取って一礼し、抜きはらった栄之丞の目の色がとたんに変わった。

二尺九寸のとびきり長い刀である。

地鉄《じがね》は、黒ずんでぬめりと光っている。

腕を伸ばしてまっすぐ立てた刀に、栄之丞の顔がぐいぐい吸い寄せられていく。

刀身にわずか一寸まで目を近づけて、刀のむこう側まで射貫《いぬ》くほどに強く見つめている。

遠巻きに見ている弟子たちが、緊張するほど厳しい眼光である。

ずいぶん長いあいだ、立てたり、袖で棟《むね》を受けて横にしたりして見つめていたが、やがて、ふっと力を抜いた。

「よくできてやがる。いや、まったく驚いた」

刀から目を離さずに、つぶやいた。

「そうですか」

「ああ、まったくみごとだ。よく似せてある。これだけの腕がある鍛冶なら、贋作《がんさく》などつくらぬがいい」

奇妙なほめ方だが、この場合は素直によろこんでいいだろう。光三郎が出入りしている四谷《よつや》の清磨《きよまろ》の鍛冶場で、仲間の鍛冶平《かじへい》といっしょになって鍛えたとびきり出来のいい贋作だ。

むろん、初代康継にそっくり似せて鍛えた。

茎《なかご》をあらためていた栄之丞が大声をあげて笑った。

「なんだいこりゃ。たまげたね。こんな刀があるものか」

茎には、葵《あおい》の紋の下に、こう刻んである。

両御所様御《お》手鎚持鍛之《てづちをもちこれをきたえる》

於駿州　越前康継手助也

「家康公と秀忠公が、駿府でごいっしょに御手ずから鎚をにぎって鍛えた刀です。どうです。すごいでしょ」

「そんなことがあるもんか」

「いえ、でも、あればすごいじゃありませんか」

栄之丞は、まだ笑いがとまらない。

初代康継には、〝駿州打ち〟と称される刀が数振りある。

いずれも二尺七寸ばかりの長大な刀で、地鉄《じがね》がよく、長いながらも、姿になんの破綻もない。じつに自然で質実剛健の品がある。徳川の分家でも、御三家以外では、まずお目にかかれない宝物である。

そんな駿州打ちのなかでも、康継が手伝って、両御所が自分たちの手で鍛えたとなれば、これはもうとんでもない宝物である。

「それにしても、長いな。よくこんなに長く鍛えたもんだ」

「二尺九寸あります」

「それで、こいつをどうしようっていうんだ。どうせ、なにか、たくらみがあるんだろ」

「へい、じつは、親方にも一枚嚙んでいただきたくて、持ってまいりました」

光三郎が、栄之丞の耳元で詳しく話すと、聞いていた栄之丞が、また愉快そうに大声で笑い出した。

六

向島の料理屋の庭に、明るい陽射《ひざ》しがあふれていた。庭に何本かある紅葉が、真っ赤に色づいている。

「なんとか紅葉のあるうちに来られてよかったわ」

ゆき江が嬉しそうに微笑《ほほえ》みながら、膳の料理に箸《はし》をつけた。

椀種《わんだね》は、鯛《たい》の糝薯《しんじょ》である。すり鉢で丹念に擂《す》った鯛を、ふわりとした団子にしたててある。口にいれるとほろりとほぐれて、鯛のうま味が舌にひろがった。

仕事が万端うまくいったので、休みの日に船をやとって、夫婦でここまで遊びにきたのである。

「海晏寺でもよかったのに……」

ゆき江がつぶやくと、光三郎は首をふった。

「この店になんども足を運んだが、いちどだって料理を食べさせてもらっていない。こんなきれいな庭を見ながらごちそうを食べれば、さぞや美味《うま》かろうと思ってな」

光三郎が杯《さかずき》を手にすると、ゆき江が銚子《ちょうし》をかたむけた。

昼間っから飲む酒が、胃袋に染《し》みて、やたらと気分がよい。

「それにしても、橋本っていうお旗本は、刀の目利きなんでしょ。よく贋作だと気づかなかったわね」

「橋本監物だけじゃないぜ。日本橋の相州屋だって、まんまとはまりやがった。愉快でたまらねぇや」

「相州屋さんなら、ずいぶん目も利くでしょうに」

「それだけ、あの康継の出来がよかったんだが、まあ、今回は、しかけがなによりだったな」

光三郎は、二尺九寸の初代康継の贋作を、当代の栄之丞康継にあずけた。

そのうえで、光三郎は、人をつかって噂をまいた。

——当代の康継が、初代の駿州打ちを売りたがっている。しかも、両御所が自ら鍛えた長大な作……。

日本橋の相州屋がこの餌に喰い付いてくるかどうかは賭けだった。

橋本監物の康継好きが本物なら、かならず喰い付いてくるはずだ——。

と信じて、その一点に賭けた。

すぐに、汐留の栄之丞康継の屋敷に、相州屋がやってきた。

——千両。

刀を見せて、栄之丞はそういったきり、口をきかなかったそうだ。

どんな目利きでも、欲がからむと目が濁る。出所がはっきりしているだけに、相州屋は、疑いもしなかっただろう。

「千両なんて、すごい大金ね」

ゆき江が椀の汁をすって、美味《おい》しそうに微笑んだ。

「二尺九寸の駿州打ちで、しかも両御所が鍛錬した刀となれば、それだけの値打ちがある。康継好きなら、なにに替えても欲しくなるさ」

栄之丞に、つぶやくように頼んでおいたせりふがあった。

――無理に売りたいわけじゃないんだ。これを手放すなら、うちに代わりの初代がないと困る。

相州屋は、毎日汐留に通ってきて、ねばり強く交渉したという。

当代の康継は、代わりに欲しい初代康継の刀について、あれこれ話した。怪しまれないていどに、熱田大明神への奉納刀の話もちらつかせた。

――本当の康継好きなら、彫り物より、駿州打ちを欲しがるはずだ――。

光三郎は、そう見当をつけて、策を考えたのだ。

何日も話し合いがつづいて、ようやくまとまった。

――熱田大明神奉納の康継と五百両。

それと二尺九寸の駿州打ちを交換することに決まった。

そして、そのとおりに実行された。

すべては、光三郎が描いた絵のとおりにはこんだのであった。

熱田大明神奉納の康継は、栄之丞の手から光三郎が受け取り、無事に早乙女家にもどした。

「跡継ぎのほうは、それでいいの？」

「いいに決まってるさ。ちゃんと五百両、最初に橋本にわたしてあるじゃねぇか。拝領の康継だって、橋本に見せた。できればその場にいたかったね。なんでも、橋本監物は、あんぐり開いた口が、ふさがらなかったそうだ」

早乙女家には、遠縁の者が末期養子として認められるだろうとの話だった。すべて、円満解決だ。

しかも、二尺九寸の駿州打ちには、しかけをしておいた。

わざと無理に反《そ》らせて、あとになって刃にひびがはいるように鍛えておいたのだ。

たぶん、この冬の冷え込みで、刃に亀裂が入るだろう。

見知らぬ男ながら、それを見つけたときの橋本監物の顔を思えば、また笑いがこみ上げてくる。

当代の栄之丞康継がうけとった五百両の金は、拝領の康継といっしょに早乙女家に持って行った。これは、まったく余分な金である。

「ご養子をお迎えになるとのお話、おめでとうございます。これはお祝いとしてお受け取りください」

「このお金はいただけません。うちは、拝領の康継さえ返ってくればいいのですから」

と、さえは受け取らない。

結局、話し合って、早乙女家に二百両、光三郎、清麿、鍛冶平、栄之丞康継の四人が七十五両ずつもらうことで落ち着いた。

思わぬ収入で、今日、この料理屋に来ることができた。

ぜいたくな料理を堪能してから、光三郎はゆき江と連れだって、大川の堤にでた。

ほろ酔いかげんで、堤を歩いた。

青空が広々して気持ちよかった。

「桜のときに、また来たいわ」

このあたりの堤は、桜の名所としても知られている。

「そうだな……」

あいまいにうなずきながら川を眺めていると、猪牙舟《ちょきぶね》がやってきた。

乗っている人影に、見覚えがある。

「おや……」

「どうなさったんですか?」

「あの舟に乗っているのは、どうやら親父……、いや、元親父のようだ」

「じゃあ、もうひと方は、お母様ですね。ご挨拶しなければ」

ゆき江が衿もとを直している。

「……こっちへ来い」

光三郎は、桜の幹の陰にかくれた。

「どうなさったんですか」

「シッ」

気づかれぬように幹の陰から見ていると、先に舟から下りた黒沢勝義が、婦人の手を取り、下りるのを助けてやっている。婦人は、初老ながら、品のよい顔立ちをしていた。

黒沢勝義が先に立って歩き、料理屋の門をくぐった。

光三郎は、あっけにとられた気分で後ろ姿を眺めていた。しばらく考えて、つぶやいた。

「ははあ、やっと読めた」

「なにが、ですの？」

「親父の野郎、早乙女は親友だなんていってたが、なんのことはない、若いころ、あの女の人を取り合って、負けたんだ。そうにちがいない。あのご婦人は、早乙女家の奥方だよ。さえさんの母親さ。刀を届けに行ったとき、おれに礼を言ってくれたんだ」

「まあ、どうしましょう……」

「いいんじゃねぇか。いまの料理屋なら、いかがわしいところじゃない。飯を食うだけさ。お袋だって、許すだろうよ」

父親の若い日の恋をかいま見た光三郎は、澄んだ空を見上げ、声をあげて笑った。

うわき国広《くにひろ》

一

夜が明けたばかりの町を、光三郎《こうざぶろう》は、芝日蔭町《しばひかげちょう》のじぶんの店にむかって歩いていた。まだ冬には間があると思っていたのに、夜明けはめっきり冷えこむ。吐く息が白い。

――ちょいと乙《おつ》な女だったな。

着物の衿《えり》もとをかきあわせながら、光三郎は、ゆうべの芸者の顔をおもいうかべた。色白で、目鼻だちがすっきりして、ぞくっとするほど婀娜《あだ》っぽい女だった。

ゆうべは、新橋の料理屋で、刀屋の寄合《よりあい》があった。

ペルリの黒船がやってきてからというもの、江戸の刀屋はどこも景気がいい。寄合といっても、かくべつの相談事はなく、すぐに宴《うたげ》がはじまった。

最初に踊りを見たときから、気になった芸妓《げいぎ》がいた。

二十二か三の中年増《ちゅうどしま》で、光三郎と同じか、ひとつ下くらいだろう。

「浜千代《はまちよ》でございます。よろしくご贔屓《ひいき》に」

銚子《ちょうし》をさしだし、しっとりした目づかいで微笑《ほほえ》んだ。

その瞬間、光三郎の全身に鳥肌がたった。

——いい女だ。

ひと目で惚《ほ》れた。いい女といい刀は、目にした瞬間に見抜く自信がある。

「べっぴんの姐《ねえ》さんだな。こっちこそ、よろしくお願いしたいね」

「おじょうずですこと」

銚子をさされると、酒がすいっと喉をとおった。

浜千代も、なにが気に入ったのか、ほかの客のところに行っても、すぐにまた光三郎のそばにもどってくる。

「そういえば、このあいだね……」

初対面にもかかわらず、あれやこれや、話をしたがる。

光三郎もむろん、悪い気はしない。

そのままふたりで朝までしっぽり……、といけば極楽だったが、なにしろ大勢の刀屋があつまって、三味線《しゃみせん》、太鼓《たいこ》を鳴らしての大騒ぎだ。

「こら、そんなところでいちゃつくな。おれの酒を飲め」

新参者の光三郎は、酒癖《さけぐせ》のわるい刀屋たちにむりに飲まされ、へべれけに酔った。宴席の途中からさっぱり記憶がない。

そのままぐっすり眠ってしまったらしい。

朝になって目ざめたら、気のきかない連中ばかりが料理屋に取り残され、座敷で座布団をまくらに雑魚寝《ざこね》していた。

――しょうがねぇ。

苦笑するしかなかった。

顔を洗って着崩れを直すと、光三郎のふところに、懐紙《かいし》が一枚はいっていた。広げて見ると、淡い桜色の紙に、流れるような水茎《みずくき》のあと。

光さまの寝顔はよいお顔
　　はの字は、ほの字

と、したためてあった。

浜千代は、光三郎の寝顔に惚れました、と読める。むこうも、光三郎のことが、まんざらでもなかったようだ。

芸妓の商売にちがいなかろうが、初めての客みんなにそんなことを書いているとも思えない。

やはり、にんまりしてしまう。

――こんどは、ひとりでこよう。

あたりまえの男として、光三郎はそう思った。

――あんないい女なら……。

ぜひ深い仲になってみたいものだ。

そんなことを思いながら、色男の気分で帰ってきた。

日蔭町にさしかかると、一軒だけ、もう大戸を開けている店がある。

ほかの店は、まだみんな寝静まっているというのに、ちょうじ屋だけ、表を開けているのだ。

きちんと掃き掃除をすませて、水も撒いてある。

「まずい……」

光三郎は、おもわず呟《つぶや》いた。

妻のゆき江《え》が起きて、店を開けたにちがいない。

ゆうべは、早く帰るといって出かけたから、ひょっとしたら、ずっと起きて待っていたのか。この春、ちょうじ屋に婿入りして夫婦《めおと》になってから、なんにもいわずに朝帰りしたのは初めてである。

藍染《あいぞ》めの長暖簾《ながのれん》をぐって土間に立つと、案の定、店の畳にゆき江がすわっていた。

「おかえりなさいませ」

三つ指ついて、ていねいに頭をさげたのが、かえって不気味である。

「あ、あぁ……、ただいま」

顔をあげたゆき江は、目が三角につり上がっている。

「お早いお帰りとうかがっておりましたが、ほんとうにお早《はよ》うございましたね」

「飲み過ぎちまってな。料理屋で雑魚寝さ」

「そうですか。さぞや、楽しい雑魚寝でございましたでしょうね」

「馬鹿いうな。野郎ばかりだ。悪さなんかしてたわけじゃない」

「どうですか」

ゆき江の目が、うらめしそうだ。

光三郎は、わざと大きく息を吐いた。

「まあ、お酒くさい」

ゆき江が、着物の袂《たもと》で鼻を覆《おお》った。

「飲み過ぎてつぶれちまったんだ。すっかり酔ってたんだから、悪さなんか、できやしないよ」

「それにしては、お顔に汗をおかきでございますよ。なにか心当たりがおありなんじゃございません？」

みょうに角《かど》のあるゆき江の口調が、朝帰りの後ろめたさを突いてくる。

「ばっ、馬鹿いっちゃいけない。歩いて汗をかいたんだ」

「そうですか。冷や汗じゃございませんの？」

「なぜ冷や汗なんか、かかなきゃならねぇんだよ」

草履《ぞうり》を脱ぎ、框《かまち》に上がりながら、光三郎は手拭《てぬぐ》いを出して、額の汗をぬぐった。酒臭い汗だ。言い合うのは面倒《めんどう》なので、このまま奥に入って、ごろりと寝てしまうつもりである。

「なんですの、これ？」

声にふりかえると、ゆき江が紙を手にしている。

浜千代の懐紙だ。

手拭いを出すとき、ふところから落ちたのだ。

ゆき江の目が、見る見るうちに、つりあがった。

「新橋だっておっしゃってたのに、吉原《よしわら》に行ってたんでしょ。寝顔だなんて……」

ゆき江の顔が、般若《はんにゃ》に似てきた。

「吉原なんかいくもんか。そいつは、ただの芸者だよ。女郎《じょろう》じゃない」

「朝までいっしょにいたんなら、どっちでも同じです。寝顔をお見せになったんですね、はの字さんに。いやらしいわね」

ゆき江は、懐紙の文字をじっと見ている。

「悔しい……」

口もとが大きくへの字に曲がった。

「なにいってるんだ、なんにもしてないさ」

光三郎は、むっとした。

後ろ暗いことがあるならともかく、なにもしていないのに、悋気《りんき》されるのは業腹《ごうはら》だ。

くちびるを嚙《か》んだゆき江が、光三郎を見つめている。

「いい加減にしろ。怒るぜ」

手から懐紙を取り上げ、くしゃくしゃに丸めて投げた。

「ほんとに、なんにもなかったの？」

ゆき江の目がなみだで潤んでいる。

「馬鹿。おまえがこんな可愛いのに、浮気なんかするはずなかろう」

すわっているゆき江を背中から抱きしめて、耳元でささやいた。

「騙《だま》されないわ」

「騙すもんか。ほんとだって」

「そうかしら……」

横を向いたゆき江が、鼻を鳴らした。

くんくんと、光三郎の匂いをかいでいる。白粉《おしろい》の香りでもさぐっているらしい。

「おれは、おまえに惚れて、婿に来たんだから」

「ほんと?」

「あたりまえさ」

ゆき江の耳たぶを噛みながら、光三郎は、妻の嫉妬深さに驚いていた。

もしも本当に浮気してばれたら、いったいどんな顔をするだろうと、ちょっと心配になった。

二

「今日は、わたしの代わりに行ってください」

義父の吉兵衛《きちべえ》が、腰をさすっている。

腰痛がひどくて、どうにも歩けないというので、光三郎は赤坂《あかさか》にある内藤伊勢守《ないとういせのかみ》の屋敷にでかけることになった。

「内藤様は、根っからの国広《くにひろ》びいきだから、あまりほかの刀を褒《ほ》めぬよう、気をつけてください」

吉兵衛が念をおした。

たしかに内藤伊勢守の国広好きは、旗本《はたもと》のあいだでも、よく知られている。堀川《ほりかわ》国広は、新刀《しんとう》の祖と称されるほどの名工で、もとは武士ながら、すばらしい作を残している。これから届けるのも、なかなか出来のよい国広だ。

秋空がよく晴れている。空の高いところに、絹雲《けんうん》がたなびいている。

井戸端《いどばた》で水を浴びたので、もう酒は残っていない。

日蔭町から愛宕山《あたごやま》の裏にまわり、神谷町《かみやちょう》から飯倉《いいくら》を抜けた。上り下りの坂道が多いが、赤坂はさして遠くない。あたりには、立派な屋敷がならんでいる。

内藤家は、五千石の大身《たいしん》で、堂々たる長屋門があった。

門番に来意をつげると、用人があらわれ、奥に通された。

五千石ともなれば、家来が百人以上いるだろう。屋敷は広大だ。用人について長い廊下を歩いていくと、いくらでも部屋がならんでいる。

奥の書院に、侍がふたりいた。

光三郎は、両手をついて挨拶した。

「芝日蔭町のちょうじ屋でございます。本日は、手前どもの主人の具合が悪く、お刀、わたくしが代わりにお届けにあがりました」

「それはいかんな。吉兵衛は目利《めき》きで話がおもしろい。治ったら、すぐにまた来るように伝えろ。よいな」

内藤伊勢守は、四十半ばだろう。眉が太く、いかにも剣の強そうな骨太な顔をしている。顔が四角ばって強情そうだ。

「かしこまりました。そのように申し伝えます」

「吉兵衛が来ぬのは、残念じゃな。あの男は、まこと刀をよく観《み》る。鉄《かね》の味についての蘊蓄《うんちく》は、なまなかな刀屋ではない」

客の武士がつぶやいた。目のぎろりとした精悍《せいかん》な男で、突き出たあごのひげ剃《そ》り跡が濃い。上物《じょうもの》の絹を着ているところを見れば、内藤と同じくらいの高禄《こうろく》取りだろう。くつろいだようすから察するに、たがいに遠慮のない仲らしい。

「まあ、しょうがない。刀を見せてもらおうか」

「かしこまりました」

ふたりはすでに、べつの刀を見ていたらしい。何振りかの白鞘《しらさや》が、座敷の端にならんでいる。細長い風呂敷《ふろしき》包みをほどいて、刀袋を取りだし、そのまま、膝でにじって、捧《ささ》げるように内藤にわたした。

袋から白鞘を取りだすと、内藤は居ずまいを正して目八分に捧げ、一礼して鞘を抜き払った。

手もとにあった打《う》ち粉《こ》を刀身《とうしん》に叩《たた》いて、よく揉《も》んだ紙で、刀に塗ってある丁子油《ちょうじあぶら》をていねいに拭い去った。保管用の丁子油をふき取らないと、鉄の味や刃文《はもん》の微妙なおもしろみが、よく見てとれないのである。

内藤が、右腕をまっすぐのばして、刀身を立てた。

こうすると、全体の姿がよくながめられる。

二尺二寸余りの出来のよい国広である。

反《そ》りの浅い姿に、ここちよい緊張感がある。

しばらくながめて、内藤が、刀身に目をちかづけた。

地鉄《じがね》は板目《いため》だ。

刀身に板の目のようなもようがあり、古刀《ことう》のごとく、ところどころ大肌《おおはだ》がまじっている――。

つまり、刃鉄《はがね》のかたまりを鍛えるとき、鍛冶《かじ》はなんども折り返し鍛錬《たんれん》しているが、その層がはっきり目立つのである。

好みの問題なので、これを嫌う武士もいるし、古風な豪気さがあると讃《たた》える者もいる。

慶長《けいちょう》（一五九六―一六一五）以降に鍛えられた新刀では、あまり鍛え肌を見せず、地鉄の澄んだ美しさを強調したものが多い。

鉄を吹く技術が向上してより純粋な鋼《はがね》がつくれるようになったからだが、これとて、光りすぎると嫌う者もいる。

刀剣には、どうしても好みの問題がついてまわる。惚れた刀なら、鍛錬のときにできた傷さえ美しく見えてしまう。

刀を手に、黙ってじっと見つめていた内藤が、にやりと目尻をさげた。

満悦の表情である。

「やはり、国広はよい。どうだ、この鉄の味の深さ。惚《ほ》れ惚《ぼ》れする。しかも、刃文の瀟《しよう》洒《しや》なことはかぎりない」

たしかに内藤がいうとおりのよい刀である。国広の刀は美しいうえ、切れ味がよく大《おお》業物《わざもの》として認められている。この刀も、まちがいなくよく斬《き》れるはずだ。

「どれ、拝見」

客の武士が所望《しよもう》したので、内藤が手渡した。

客も相当な刀好きらしい。それは、刀を見つめる目つきでわかる。

腕をのばして姿を見た。

目を刀身にちかづけ、鉄を見ている。

それに、刃文。

姿、鉄、刃文の三点を見きわめれば、目利きの人間なら、ぴたりと刀の時代、国、刀工の名を当てることができる。

真剣な顔つきからすれば、この客もそうとうな眼力《がんりき》の持ち主だろう。

「こいつは、栗山越前守《くりやまえちぜんのかみ》というてな、元服《げんぷく》前の子ども時分から、同じ道場に通った朋輩《ほうばい》だ」

内藤が教えてくれた。

「さようでございますか。芝日蔭町のちょうじ屋ともうします。ぜひともご贔屓にお願いいたします」

光三郎の挨拶に、栗山はうなずきもしない。じっと刀を見つめたままだ。

「この男も、わしに劣らず刀が好きでな、ことに虎徹《こてつ》を愛しておる」

「ああ、こちらが……」

そういえば、光三郎がお城で御腰物方《おこしのものかた》に出仕していたとき、その名を聞いたのを思い出した。

――国広狂いの内藤伊勢守。

――虎徹狂いの栗山越前守。

といえば、旗本のあいだでは、つとに知られた刀好きである。

長曾祢《ながそね》虎徹は、国広より数十年のち、江戸の町が、すこしにぎやかになってから活躍した鍛冶である。

凛《りん》と引き締まって力強く美しく、よく斬れる刀を鍛えた。

「虎徹も、国広とならんで、すばらしい刀でございますな」

内藤が国広びいきだけに、言い回しに気をつかった。

「わしは、若いころからの国広好き。この栗山は、なにがなんでも虎徹一辺倒《いっぺんとう》の虎徹信者だ。どちらがよい刀かで、ずっと競い、張り合ってきた」

「さようでございますか」

へたなことはいえない。どちらかに味方したら、どちらかを敵にすることになる。

「刀屋、おぬしは、国広と虎徹と、鍛冶としてどちらが上だと思うか?」

内藤が、いきなり核心を突く質問をつきつけた。

光三郎は、手拭いで額の汗をぬぐった。

「どちらも素晴らしい刀でございます。どちらが上か下というより、名工ならび立つ姿こそ、にらみ合った竜虎のごとく、猛々《たけだけ》しく美しいと存じます」

「うまくかわしおったな」

内藤が笑っている。

「いえ、横綱もひとりでは興《きょう》がありません。東の虎徹、西の国広が競い合ってこそ、見ごたえがありましょう」

「まあよい。わしの国広を見ていけ。刀屋の婿なら、商売の目の肥やしになるであろう」

内藤が、座敷のはしに並んでいる白鞘を示した。

ざっと十振りはある。

「みな国広でございますか」

国広の刀は、数が少ない。これだけ集めるのは、たいへんだったはずだ。

「そうだ。江戸中の刀屋に声をかけてある。国広があったらもってくるようにとな。おまえもこころがけておいてくれ。国広の話を聞いたら、すぐに知らせるのだぞ」

「かしこまりました。真っ先にお知らせいたします」

光三郎は、刀の前にすわった。

外は、池水《ちすい》をめぐらせた広い庭だ。

縁側から、秋の午後の明るい陽射《ひざ》しがさしこんでいる。刀に反射させて刃文を見るのに具合がよい。

「拝見いたします」

白鞘を手に取り、抜き払った。

最初の一振りは、刃文を尖《とが》り気味に焼いた作であった。

国広は、九州日向《ひゅうが》の侍の家に生まれた。父親も鍛冶仕事が好きで、刀を打っていたらしい。父の助手をして刀鍛冶の技術を学び、若いころは、美濃《みの》風の刀を鍛えていた。

これは、そのころの作であろう。

いう。


その後、主家が薩摩《さつま》の島津《しまづ》に大敗したため、日向から京に上った。

どんな事情があったのか、京で人を殺して下野《しもつけ》に逃げ、足利《あしかが》学校で刀を打った。

秀吉の小田原攻めでは、足利の領主のもとに足軽《あしがる》大将として出陣し、手柄《てがら》を立てたという。

のちに石田三成《みつなり》に抱えられ、朝鮮の役《えき》にくわわって、釜山《プサン》で刀を鍛えたともいわれている。ただし「於釜山海」の銘《めい》のある刀は、まず偽物《ぎぶつ》らしい。

慶長の関ヶ原の合戦のころから、京の堀川に住み、鍛冶に専念したので、堀川国広と呼ばれるようになった。

八十四歳まで長生きして、後半生は、新刀風のきれいな刀を鍛えている。

内藤が集めた十余振りは、いずれもなかなかの国広だった。

国広は人気の高い鍛冶で、偽物が多いのだが、光三郎の見たところ、あやしい作は一振りもまじっていない。さすがに国広狂いの蒐集《しゅうしゅう》である。

「どうだ、国広の印象は?」

内藤がたずねた。

「はい。不思議な静けさがみなぎっておる気がいたします」

「ぎらりとこれ見よがしな虎徹とちがって、品格があるであろう」

内藤のことばに、栗山が眉を曇らせた。

「なにをぬかす。正宗《まさむね》を狙って正宗におよばぬのが国広だ。虎徹の気高《けだか》さがわからぬとは、おまえの目利きもたいしたことはない」

喧嘩《けんか》でも始まりそうな雲行きなので、光三郎は、ひときわ大きな声を張り上げた。

「それにいたしましても、これだけの国広をまとめて見せていただいたのは初めてでございます。お見事と申すほかございません」

「なかでも、それはみごとだろ」

内藤が指でさしたのは、長めの太刀《たち》である。

刀身に〝武運長久《ぶうんちようきゆう》〟の文字と、不動明王の彫《ほ》り物があった。

「たしかにすばらしい作でございます」

「それが、〝山伏《やまぶし》〟だ」

「あっ、これが、でございますか」

国広は、山伏だったといわれている。そのために、石田三成の諜者《ちようじや》だったとの説もあるくらいだ。

「茎《なかご》をあらためるがよい」

「拝見いたします」

目釘《めくぎ》を抜いて、柄《つか》をはずした。

たしかに銘が切ってある。

天正十二年二月彼岸
日州古屋之住国広山伏之時作之

山伏のときにこの刀を鍛えたというのである。

「めずらしい一振りでございますね」

「であろう」

内藤が満足げな顔を見せた。

「わしが、この男にやったのだ」

そう言ったのは、客の栗山越前守だった。

「えっ、このお刀をですか」

「そうだ。それは、たしかに栗山からもらった国広だ」

内藤が、うなずいた。

「このような珍しい太刀を、惜しげもなく差し上げられたんですか」

山伏の銘を切った国広は、ほかにあまり聞いたことがない。手にいれるには、相当な対価を払ったはずだ。

「われらは、昔から、約束を交わしておるのだ。わしが虎徹を見つけたら、栗山にやる。

栗山が国広を見つけたら、わしにくれる。国広好きと虎徹好きが、長年喧嘩もせずにいられるのは、その約束を律儀《りちぎ》に守っておるからだ」

　内藤がまじめな顔でいうと、栗山が大きくうなずいた。

三

　ちょうじ屋に帰ると、店に、義父の吉兵衛がいた。

「寝てなくてだいじょうぶですか」

　帳場《ちょうば》にすわっている姿も、やはりすこし痛々しげだ。

「ええ、重い物を持ったりしなければだいじょうぶです。内藤様のごきげんはいかがでしたか」

「よい国広だと、たいそうお歓《よろこ》びでした」

「それはよかった」

「それにしても、内藤様は、ほんとうに国広がお好きなんですね。あれだけ集めるには、お金も時間もずいぶん費やされたでしょうに」

「お好きなだけに目がよくお利きで、贋物《がんぶつ》にはけっして騙されません。病膏肓《やまいこうこう》とは、あの方のことです。国広さえあれば、五千石だって、捨てかねない勢いですからね」

「栗山様の虎徹自慢も、噂《うわさ》には聞いていましたが、すさまじいですね。見に来いとおっしゃってくださいました」

栗山の名を出したとたん、茶をすすっていた吉兵衛がむせかえった。

「栗山様が、いらっしゃったんですか」

「はい。わたしは、延々と虎徹談義を聞かされました。いや、ほんとうに虎徹がお好きですね」

「そうでしたか。栗山様がいらっしゃいましたか……」

吉兵衛の顔がこわばっている。

「栗山様がいらっしゃると、なにかまずいんですか」

「いや、なんでもありません。あなた、栗山様のお屋敷に行く約束をしたのですか」

「ええ、明日来いといわれました」

「そうですか……。あぃたた、なんだか、腰の具合が……」

腰に手をあてた吉兵衛が、苦しげな顔になった。

「しっかりしてください」

吉兵衛の肩をささえながら、奥に声をかけた。

「おぉい、布団を敷いてくれ」

ゆき江を呼んだつもりだったが、出てきて答えたのは、番頭《ばんとう》の喜介《きすけ》だった。

「おかみさんは、お出かけです」

「なんだ。どこに行った」

「お芝居だとおっしゃって」

「しょうがねぇな」

朝帰りの腹いせに、芝居見物に出かけたのか。

「寝なくても、だいじょうぶです。壁にもたれていれば、なんでもありません」

動かすとつらそうなので、いわれたとおり、壁にもたれさせた。

茶が飲みたいというので、茶碗《ちゃわん》を持たせてやると、ようやく人心地《ひとごこち》ついたらしい。

「いいですか、婿殿」

「はい。なんでしょう」

「内藤様と栗山様は、古くからの御親友です。しかしね、刀のことだけは、まったく別。ぜんぜん別問題です。あのふたりに深入りしてはいけません。知らんふりしていなさい」

「どういうことでしょうか」

「明日、栗山様のお屋敷にうかがえば、わかります。あの方の自慢は、どうせまた同じです。まったく罪なお方だ」

吉兵衛は、首をふるばかりで、肝腎《かんじん》なことを話してはくれない。

いったいなんのことだろうと首をひねっていると、ゆき江が帰ってきた。

「ただいま。あら、お父さん、どうしたの」

「腰が痛むんだ。おまえは、どこに行ってたんだ？」

光三郎は、ゆき江をにらみつけた。

「お芝居ですよ。団十郎《だんじゅうろう》、よかったわ」

「気楽なもんだな」

「いいじゃないですか、旦那《だんな》様が朝帰りなさってるんだから。お芝居くらい。お父さん、だいじょうぶ？」

「ああ、なんでもないですよ。心配ありません」

「そう、ならよかった。さあ、晩ご飯つくらないと」

すれ違いざま、光三郎は、二の腕の柔らかいところを、ゆき江に思いっきりつねられた。

四

つぎの日、光三郎は、麻布《あざぶ》にある栗山越前守の屋敷に出むいた。

同じ五千石取りなので、赤坂の内藤伊勢守の屋敷に劣らぬ広壮《こうそう》な造りである。

門番に名を告げると、脇玄関を教えられた。

そこから上げてくれるのかと思ったら、あらわれた用人が、一振りの白鞘をさしだした。

「見るがよい」

立ったまま受け取り、いわれるままに鞘を払った。

二尺三寸余りの、出来のよい刀だ。

「目利きしてみろ」

「は？」

「どこのだれの作か、鑑定してみろというておる」

「はい」

刀を観た。

吉野朝の古刀の太刀の磨上《すりあ》げにも似た姿は、堀川国広とも共通している。刀身は、身幅《みはば》広く、切先《きっさき》がやや延びている。

地鉄はよいが、いささか肌立って、大肌がまじっている。

刃文は、大乱《おおみだ》れで、焼き幅が広い。

考えるまでもなく、答えが出た。

「肥前忠吉《ひぜんただよし》の若打ちでございましょう」

「よし。あがれ」

正解だったようだ。刀を返して、草履《ぞうり》をぬいだ。

――違ったら、上げてくれなかったのか。

首をかしげながら、光三郎は廊下を歩いた。

奥に通されると、書院前の控えの間に、刀掛けが置いてあった。これにも白鞘が掛けてある。

それを見て、用人が立ち止まった。

「御前《ごぜん》が、もう一振り試せとの仰《おお》せだ」

「何振りでも」

鞘を払うと、こんどは、どう見ても江戸の刀だった。

反りが浅く、身幅が先細っている。

地鉄はやや粗く、刃文はのたれている。

「兼重《かねしげ》でございましょう。鋩子《ぼうし》がよければ、虎徹と見るところですが」

和泉守《いずみのかみ》兼重は、虎徹の師匠で、伊勢安濃津《いせあのつ》藤堂家のお抱え鍛冶だ。腕は、弟子の虎徹のほうが一枚上手《うわて》で張りつめた感じが強い。鋩子は、切先のなかにある刃文のことだ。

「よし、入れ」

なかから、声がかかった。

「失礼いたします」

ふすまを開くと、栗山越前守が端座《たんざ》して刀を見ていた。

何振りかの白鞘が、前にならんでいる。

「目利きなら、武家でも町人でも、いくらでも刀を見せてやる。良し悪《あ》しのわからぬ人間に見せても、時間の無駄じゃ」

刀を見たまま、小声で唾の飛ばないようにつぶやいている。

「わたくしは、合格でございますか」

「とりあえずな。これは、どうだ」

手にしていた抜き身を、立てたまま、突き出した。

そばに進んで、柄《つか》を受けとった。

ひと目見て、よい虎徹だと思った。

「よい虎徹でございますな。刃文のたれに、厳しさよりおだやかさを感じますゆえ、延宝《えんぽう》ころの円熟した作でございましょう」

「そのとおりだ。よく観た」

鞘をわたされたので、刀を納めると、すぐまたべつの白鞘をわたされた。

「ではこれは、どうだ」

抜き払うと、やはり、虎徹の脇差だ。

虎徹独特の、ひらりとした鋭さ、すずどしさがある。

これも虎徹……、といいかけて、首をかしげ、口をつぐんだ。

どこが違うというわけではないが、全体の印象に強さ、覇気《はき》が感じられない。虎徹の良さは、なによりも強烈な緊張感だ。姿に、髪の毛一本のゆるみがあれば、その印象は失われる。

「これは、失礼ながら、よろしくないのではありますまいか。虎徹によく似せてありますが、偽物《ぎぶつ》でございましょう」

「いや、虎徹だ。茎《なかご》を見ろ」

柄をはずすと、虎徹独特のきちょうめんな鏨《たがね》で、長曾祢興里《おきさと》の銘がきざんであった。

明るい縁側にすすんで、よく観た。

——ちがう。

と確信した。

栗山は、いかつい顔で、光三郎をにらんでいる。じぶんの刀を偽物だ、などというと許さないぞといわんばかりの目だ。

しかし、刀のことで、感じた以外のことを口にする気にはならない。思ったそのままを話した。

「銘は似ておりますが、鑢《やすり》の目がちがいます。正真《しょうしん》の虎徹なら、もっとさらさら上手《じょうず》に仕立ててあります」

じっと光三郎を見ていた栗山が、豪快な声をあげて笑った。

「そのとおりだ。おまえは、若いのに目が利く。もっとたくさん見せてやろう」

「ありがとうございます」

栗山が立ち上がって、ふすまを開いた。

次の間《ま》に、十数本の白鞘がならんでいた。

「ぜんぶ正真の虎徹だ。存分に見るがよい」

栗山は、よほど虎徹が自慢なのだろう。じぶんで鞘を払って、光三郎にわたしてくれた。

「これはどう観る」

「はい。地鉄《じがね》の冴《さ》えがすばらしゅうございます。刃文ののたれ具合もまた絶妙で。全盛期の作でございましょう」

ひとしきり褒めると満足したように、つぎの鞘を手にした。

「では、これは？」

「刀身に平肉《ひらにく》がつかず、切先のつまったところに凜とした気品があります。すすどしい姿は、まさに虎徹の真骨頂《しんこっちょう》」

光三郎の答えを聞いて、栗山は、満足げにうなずいている。じぶんの虎徹を褒められるのがうれしくてしょうがないらしい。

すべての刀を見終わって、光三郎は、とても満ち足りた気もちになった。

これだけの虎徹をいっぺんに観る機会など、一生のうちで、そうたびたびあるとは思えない。昨日の国広につづいて、なんと至福《しふく》の日がつづくことか。

「すばらしい虎徹ばかりでした。日本広しといえども、これだけの虎徹を集めておられるのは、栗山様ただおひとりでございましょう」

「そうであろうな」

栗山が、鷹揚《おうよう》にうなずいた。

「そうそう。もう一振り、よい刀がある。これは、どうだ」

思いだしたように立ち上がると、書院の違《ちが》い棚《だな》の下にある地袋《じぶくろ》から、黄色い刀袋を取りだした。

光三郎の胸が高鳴った。特別によい刀を見せてもらえる予感がした。

受けとると、光三郎は一礼して、鞘を抜き払い、刀身を立ててながめた。

「これは……」

ひと目見てぞくっとした。全身に鳥肌が立つほどよい刀だ。

——しかし……。

また虎徹を見せてもらえるのだとばかり思っていたが、姿がまるで違っている。

反りのない真っ直ぐな姿は、古刀の太刀を磨上《すりあ》げたかのように見える。

だが、鉄の味は、古い作ではない。最初からそんな雄壮《ゆうそう》な姿を狙って鍛えた刀だ。

「………」

光三郎は、唾をのみこんだ。

心の臓が高鳴っている。

「……堀川国広でございますな」

「そうだ。格別よい国広であろう」

光三郎の頭のなかで、半鐘《はんしょう》が打ち鳴らされていた。

栗山越前守は、虎徹好き――。

内藤伊勢守は、国広好き――。

たがいに、よい虎徹、国広を見つけたら、進呈《しんてい》する約束を交わしている。

きのう、そう聞いた。

ところが、いま、光三郎が手にしているのは国広である。虎徹好きの栗山の手もとに国広があるのだ。

しかも、驚いたことに、内藤伊勢守がもっていたどの国広よりも、よい出来なのである。

「これは、内藤様の国広ですか?」

「いや、あいつがこんなによい国広をもっているものか」

栗山が首をふった。

「では、ほかの方からのお預かり物でしょうか」

「いや」

また、栗山が首をふった。

「わしの国広だ。どうじゃ、素晴らしい作であろう」

「しかし、それでは、お約束は……」

「約束?」

「栗山様が国広を見つけたら、内藤様にさし上げ、内藤様が虎徹を見つけたら、栗山様にさし上げるというお約束をなさっているのではありませんか。さすが竹馬《ちくば》の友ならではの美しいご友情と聞き惚れておりましたが……」

「ああ、あれは、なみの国広の話じゃ。この国広を初めて見たとき、わしは全身に鳥肌が立った。一目惚れしたのだ」

光三郎は、黙って聞いていた。

へたに相《あい》づちを打つと、仲間にされてしまいそうだ。

「わしとて、その国広、なんども、内藤のところに届けようとした。しかし、みょうなことに、そのたびに急用ができたり、腹が痛くなったりな、どうにも行くことができなんだ。これはまあ、国広がわしのところに居たいのだと思うて、愛蔵しておる」

栗山が手をさしだしたので、光三郎は国広をわたした。

手にした国広を、栗山がうっとりした目で眺めている。

たしかに、涎《よだれ》がでるほどよい刀だ。深山の湖水のような静けさをたたえている。刀好きなら、二度と手放せないにきまっている。

「こんなすばらしい国広、なにが悲しゅうて内藤にやらねばならん」

つぶやいた栗山が、にんまり満ち足りた顔つきで目尻をさげた。

五

それから、しばらくは、なにごともなく日がすぎた。

むくれていたゆき江も、芝居見物で機嫌をなおしたらしく、つり上がっていた目が、穏やかになった。

騒ぎが起きたのは、師走《しわす》に入ってすぐのことである。

光三郎が店にいると、表に町駕籠《まちかご》が停《と》まった。

駕籠からはじけるように飛び出した武士が、あわてて店に駆け込んできた。見たことのある顔だ。

「ちょうじ屋光三郎はおるか」

外は風が冷たいというのに、額に汗をかいている。駕籠のなかでも、よほど歯を食いしばっていたにちがいない。

「はい。手前でございます」

「おお、そのほうじゃ。わしは、栗山家の用人である。すぐに、屋敷に同道いたせ」

「なにごとでございますか？」

用人のようすは、尋常《じんじょう》ではなかった。

「殿様が、ひどくご立腹《りっぷく》だ。とにかくすぐにつれて来いとの厳命だ」

「はっ、はい。しかし、いったい……」

「……あぃたたた」

店で客と話していた吉兵衛が、とつぜん声をあげた。また腰が痛みだしたのか。

「だいじょうぶですか？」

「わたしは、だいじょうぶです。それより、いいですか、あわてては、いけません」

「はい」

あわてるなといわれても無理だ。

五千石の殿様が、ひどく立腹して呼んでいるというのである。先日、刀を見せてもらったときに、なにか粗相があったのかもしれない。へたをしたら、手打ちにされたって、文句はいえないところだ。

——ちっ。町人なんて、損な役回りだ。

いまさら、七百石取りの実家を飛び出したことを後悔したってはじまらない。

光三郎は腹をくくった。

「行ってきます」

「落ち着いて行ってらっしゃい。むかし、わたしも呼ばれました。きっと同じ騒ぎです」

「えっ、前にもなにかあったんですか」

ゆき江がもってきた上等の羽織《はおり》に着替えながら、光三郎はたずねた。

「それは……」

吉兵衛が話そうとするのを、用人がさえぎった。

「ええい、なにをもたもたしておる。殿様は怒り心頭《しんとう》じゃ。早《はよ》うせい。早うせぬか」

用人にせかされて、光三郎はしかたなく店を出た。

駕籠に乗りこむと、二挺《ちょう》の駕籠は、勢いをつけて、麻布にむかって駆け出した。

栗山屋敷の奥書院に通されると、栗山越前守の前に五人の男がいた。

ならんだ背中が、一様にしおたれて肩を落としている。

ふり返った顔を見て驚いた。

みんな顔見知りの刀屋だった。

「来たか、ちょうじ屋。おまえじゃな」

挨拶をするいとまもあたえず、栗山が、光三郎をにらみつけた。武張《ぶば》った顔がいかめしい。

「いったいなんのお話でございましょうか。わたくしには、なんのことかさっぱり分かりませぬ」

「しらばっくれるな。先日見せた国広の話だ。あの国広のこと、けっしてだれにも口外するなと、口止めしておいたな」

たしかに、屋敷を出るときにそういわれた。そのとおり、光三郎は、だれにも話していない。

「はい。お約束通り、口外いたしておりませぬ」

栗山の顔に朱《しゅ》がさしている。心底腹を立てているらしい。

「では、なぜ内藤が知っておる。あいつめ、わしがとびきり出来のよい国広をもっているのを知って、激怒しておる。このなかのだれかが話したに決まっている。おまえであろう」

光三郎の鼻先に、栗山が指をつきつけた。

「とんでもない」

「では、蔵田屋《くらたや》、おまえか」

「めっそうもないことでございます」

「ならば、くろがね堂、おまえだな」

「いえ、わたしの口は貝より固く閉じておりました」

「ええい、どいつもこいつも、知らぬ存ぜぬでとおす気か。許さぬぞ。だれかが話さねば、内藤が、あの国広に気づくはずがない。だれじゃ。正直にいえばよし。口を割らねば、みな同罪で、手打ちにしてくれる。どうじゃ、それでもいわぬか」

――ははあ、こういうことだったのか。

と、光三郎は、義父吉兵衛のことばを思い出して、ちょっと安心した。前にも、こんなことがあったのだとすれば、たいていは察しがつく。

「失礼ながら、おたずね申し上げます」

光三郎が、いんぎんに切りだした。

「なんじゃ。やはりおまえか」

光三郎は首をふった。

「いえ、わたくしは、だれにも口外いたしておりません」

「ふん。分かるものか。町人は嘘をつくからな」

ぐっとこらえて、頭をさげた。

「おたずねいたします。あの国広、ご披露《ひろう》なさったのは、ここにいる刀屋ばかりでございましょうか。御武家様には、お見せになっておられませぬのでしょうか」

いわれて、栗山が目を剝《む》いた。

「武家にも見せた者はおる。しかし、みな口止めした。侍が約束をたがえるものか」

内心あきれたが、高飛車《たかびしゃ》な反駁《はんばく》は控えた。

「いったい、あの国広、何人のお旗本に、お見せになったのでございましょうか」

あくまで静かにたずねた。刀自慢の栗山だ。きっと大勢の旗本に見せずにいられなかったにちがいない。

栗山が、虚空《こくう》をにらんだ。思い出しているらしい。

「八人……。いや、九人か……」

噴き出しそうになったが、ぐっと堪《こら》えた。

「人の口に戸は立てられぬと申します。われわれ刀屋は、商売ゆえ、けっして口外いたしませぬ。口外して、栗山様に出入り差し止めになりますと、大きな損。なにを好きこのんで、人に話しましょう」

刀屋一同がうなずいた。

「まあ、それはそうかもしれぬが……」

「それにひきかえ、御武家様があれだけすばらしい国広をご覧になりますと、どうしても人に話さずにはおられますまい」

「ふん」

栗山が鼻を鳴らした。

八人も九人も見せれば、だれかが話すに決まっている。狭い旗本の世界だ。すぐ内藤の耳に届くだろう。

「ええい、さようなことはどうでもよい。内藤は、本気で怒っておる。さきほど用人が果たし状を届けにきた」

あきれた男たちだ。

私闘をすれば、家は断絶、身は切腹。取り返しのつかないことになる。

そんなことは、百も承知のうえの果たし合いか。五千石を棒にふっても、刀好きの意地を貫き通すというのか。

「高い浮気代でございますな」

光三郎がつぶやいた。

「なんじゃと」

「虎徹がお好きなら、虎徹に操《みさお》をお立てになればよかったのに」

「ふん。あれだけ見事な国広だ。目移りして惚れてもしょうがなかろう」

「それはまあ……」

たしかにそうかもしれないと、光三郎は思った。いくら恋女房《こいにょうぼう》がいたって、婀娜《あだ》っぽい女があらわれれば、だれしも気もちがぐらつく。

「しかし、やはり、お約束をたがえるというのが、そもそも……」

「ええい、やかましい。さようなこと、刀屋風情《ふぜい》にいわれずとも、承知しておる」

「ならば、素直にお詫《わ》びなさいませ。それがいちばんでございましょう」

「あの内藤が、そんなことで許すものか。わしとて、あの国広、渡したくはない」

まったくあきれた男だ。

「それではお約束が……」

「ええい、うるさい、うるさい」

栗山が、怒声《どせい》を張り上げたとき、用人が駆け込んできた。

「内藤様、お見えでございます。庭にて立ち合えと、すさまじい御血相《ごけっそう》。まもなく、そちらからおいでになります」

「来《き》おったか。かくなるうえは」

羽織を脱いだ栗山が、白襷《しろだすき》をかけた。

刀掛けにあった一振りを握り、鞘を抜きはらった。

あの国広だ。

「馬鹿な真似《まね》は、おやめなさいませ」

立ち上がった光三郎がとめようとしたが、栗山は国広をふりまわして、人をちかづけない。

用人も小姓《こしょう》も、手を出しかねている。

庭で大声がひびいた。

「やあやあ、嘘つき男め、恥知らずめ。出て来い、出て来い。立ち合え、立ち合え」

内藤伊勢守がやってきたのだ。

頭に血がのぼっているらしく、目が本気でつり上がっている。国広を隠し持たれていたのが、よほど悔しいらしい。

――男の嫉妬は、女よりこわいな。

光三郎は、心底、胆《きも》が冷えるのを感じた。

羽織を脱ぎ捨てると、内藤も白襷をかけ、決闘のこしらえである。あとについてきた供侍たちが、隙あらば、羽交《はが》い締《じ》めにしてでも止めようとしているが、逆上していてどうにもならない。

「嘘つきめ、成敗《せいばい》してくれる」

「おう。この国広に惚れたのが、我が身の因果《いんが》。正直にいうておこう。おまえにわたしとうないほどの出来のよさだ」

栗山のことばに、内藤の目が、ますますつり上がった。

「小癪《こしゃく》な奴」

忿怒《ふんぬ》の形相《ぎょうそう》で、内藤が刀を抜いた。

栗山が、抜き身の国広を手にしたまま庭に飛び降りた。

池のわきで、たがいに向き合った。

「卑怯《ひきょう》だぞ、栗山。きさまが国広をかまえておれば、わしは、刃こぼれを案じて、切り結べぬ」

内藤のことばに、栗山が笑った。

「これは愉快。おまえ、この国広が、刃こぼれすると思っておるのか」

これでは、どちらがどちらの贔屓なのか、わからない。

内藤は八双《はっそう》、栗山は正眼《せいがん》にかまえている。

「おやめください、殿」

「無益《むえき》でございます」

まわりの侍たちが、なんとかやめさせようと声をかけているが、二人はまるで聞く耳を持たない。

たがいに、じりじり前に進んでいる。

間合いを詰めて、いっきに飛びかかるつもりらしい。

師走の空が青い。

池の鯉《こい》が、大きな音を立てて跳ねた。

「お待ちください。お待ちください」

庭に駆け込んできた者があった。

見れば、ちょうじ屋の主人吉兵衛が、だれかの背中にかつがれてやってきたのだ。

そのまま、ふたりのあいだに割って入った。

「内藤様も、栗山様も、刀をおひきください」

「刀屋の出る幕ではない。ひっこんでおれ」

栗山は、刀を納めない。

いっぽうの内藤は、あらわれた男を見て顔をひきつらせた。

「内藤様。おやめなさいませ。男らしゅうありませんぞ」

吉兵衛を負《お》ぶってきた男が、口を開いた。

「なっ、なぜ、こんなところにやってきた」

内藤の声が、裏返っている。

「騒ぎが持ち上がったとうかがったからでございます。まったく、あきれて口がきけませぬ」

吉兵衛を負ぶってきた男を、光三郎は知っている。

刀剣商清剣堂《せいけんどう》の主人である。

「わたくしから、栗山様に申し上げましょうか。それとも、ご自分で懺悔《ざんげ》なさいますか」

いわれたとたん、内藤の全身から力が抜け、腕がたれさがった。

「どういうことだ、ちょうじ屋。清剣堂までなにをしに来た」

栗山がとまどっている。

吉兵衛が、清剣堂の背中から降りて、腰をのばした。立つことはできるらしい。

「まこと、お二人とも、御大家《ごたいけ》育ちのお殿様でございますよ。四十を過ぎてもわがまま放題。欲しいものは、なんでも手に入るということにけっこうなお育ちでございますな」

内藤が刀を鞘に納めた。

うつむいて、くちびるを噛んでいる。

いきなりその場に土下座《どげざ》して、両手をつき、頭をさげた。

「すまん、栗山。わしも、一振り、虎徹を隠しておった。この清剣堂から買《こ》うたのだ。なにしろとびきり上出来の虎徹でな、涎《よだれ》が出そうになった。おぬしの持っているどの虎徹よりよい出来だと思えば、わたすのが惜しゅうなった。すまん。このとおりだ。許せ」

栗山が、あっけにとられた顔をしている。

——馬鹿馬鹿しい。

なんのための、大騒ぎだったのかと、光三郎はあきれるしかなかった。

六

栗山屋敷を出ると、刀屋たちがしきりにぼやいた。

「なんて日だ、まったく」

「厄日《やくび》だよ、ほんとに」

「あたしゃ、てっきり首を切られると思いましたよ」

「このまま帰るのも落ち着かないね」

ということで、験直《げんなお》しに、一同で新橋にくり出すことになった。

料理屋の座敷にあがって、芸者を呼んだ。

光三郎は、もちろん浜千代を名指しした。

酒がきて、飲みはじめた。

大騒ぎのあとだけに、熱燗《あつかん》の酒が喉にしみてうまい。

「まったく、なんなんですか、あの二人は」

光三郎は、ぼやかずにいられない。

義父の吉兵衛も杯《さかずき》を手にして、ちびりちびりと舐《な》めている。腰は、まだ痛そうだ。

「昔っから、ああなんですよ」

「前にも、あったんですか、あんなことが」

「十年ばかり前です。あのときもまったく同じ。栗山様は、山伏の国広を隠し持っていたのです」

このあいだ見せてもらった国広だ。あれも、もとはといえば、隠していたのか。

「栗山様が、人を呼んで自慢するのは、虎徹のほうじゃありません。国広のほうですよ。どうじゃ、内藤の国広より、このほうがよほど出来がよかろう、とね」

「ひどい人だ」

「内藤様だって似たようなものです。よい虎徹を見つけると買い込んで、けっして栗山様にはわたさない。今度もきっとそうだろうと思って、内藤様に虎徹を売った刀屋をさがしたんです。番頭を走らせたら、わたしの予想通り、一軒目でどんぴしゃりでした」

それが、清剣堂というわけだ。

「それじゃあ、おたがいに進呈するっていう約束は……?」

「まあ、そうできるくらいの大人になりたいっていうことでしょう。たいした意味はありませんよ」

「絶交しないんですかね」

「しないでしょう。いまごろは、内藤屋敷から虎徹が届いて、あの国広と交換したでしょう。それで手打ちです。二振りの刀を眺めながら、酒でも飲んでるんじゃないですか」

聞いていて、光三郎は馬鹿らしくなった。なんという男たちだ。

清剣堂が、杯を乾《ほ》して口をひらいた。

「あの虎徹は、とびきりいいですよ。栗山様がそろえたのより、段違いに地鉄《じがね》も刃文もいい。同じ虎徹でも、ここまで違うかと、わたしだって驚きました。大名道具になる虎徹です。あれだけの虎徹なら、栗山様もさぞやご満悦でしょう」

清剣堂のことばに、光三郎がうなずいた。

「あの国広だって相当な出来ですよ。あれなら内藤様もご満悦にきまっている」

一同が苦笑した。

怒る気にもならないくだらない笑い話だ。

「旗本なんて、いい気なもんですな」

「まったく、まったく」

そんな話をしていると、芸者衆がやってきた。

浜千代が、光三郎の顔を見つけて、嬉しそうに微笑《ほほえ》んだ。

「あら、御名指しなんで、どなた様かと思ったら、寝顔の君《きみ》でしたか。嬉しいわ」

「おいおい、寝顔の君とは、お安くないね」

「へへ、妬《や》きなさんな」

何十人もいた先日の寄合とちがって、今夜は、落ち着いた小座敷である。

しっとりした踊りを見て、ゆっくり話ができた。

「今日は、眠くならないんですか？」

銚子をさしながら、浜千代が可愛らしい目で笑っている。

「このあいだは、酒癖のわるい連中に、無理にたくさん飲まされたんだよ。美人の酌《しゃく》なら、つぶれるもんか」

「まあ、じゃあ、試してみようかしら」

「ああ、試してくれ。酔いつぶれたら、おまえさんの膝を借りて寝てしまうよ」

「ふふ。いいですよ」

すぼめた口もとに愛嬌《あいきょう》があって、光三郎は、またしても、ぞくっとしてしまった。

——惚れちまいそうだ。

そう思いながら見つめると、浜千代がまんざらでもなさそうに微笑みかえした。

飲んで食べて、踊りと三味線をたっぷり楽しんだ。

「いや、愉快愉快。皆さんとごいっしょさせていただいて、すっかり厄払いができました」

夜も更けて、清剣堂が挨拶した。

そろそろ、町の木戸が閉まる時刻だ。

「……あぃたたた」

吉兵衛が、つらそうな声をあげた。

「だいじょうぶですか？」

「はい。だいじょうぶです。でも、今夜はもう動けそうもありませんから、ここに泊めてもらいましょうか」

「あら、お泊まりになるの。じゃあ、ゆっくり……」

浜千代が、艶《つや》っぽく微笑んでいる。

光三郎の頭に、ちらっとゆき江の顔が浮かんだ。

――さて、朝帰りしたら、どんな顔をするかな。

吉兵衛の腰の具合が、といえば、言い訳はたつ。吉兵衛は、花街《はなまち》のことをとやかくいうような野暮天《やぼてん》ではない。

帰っていく刀屋たちに挨拶すると、吉兵衛はもう腕枕でごろりと横になって目を閉じている。

「あたし、最初に見たときから……」

寄り添ってきた浜千代の白い手が、光三郎の手にかさなった。潤んだ目つきは、どうしたって、商売とは思えない。

「うん。おれも、ぞくっときたよ」

ひと目惚れということが、人生にはあるのだと、光三郎はうなずいた。

──栗山様も、内藤様も……。
惚れる相手に出逢ってしまったんだから、しょうがない。
杯をかたむけながら、光三郎は、二人の旗本を許す気になっていた。
──さて、おれは……。
どうするか、ゆっくり酒を飲みながら、考えるつもりだ。
浜千代の柔らかい手が、光三郎の手をさすっている。
陶然《とうぜん》と酔いがまわって、光三郎はすでに夢見心地《ごこち》である。

浪花《なにわ》みやげ助広《すけひろ》

一

店の障子戸《しょうじど》が、風に鳴っている。

朝の明るい陽が障子にさしているが、空っ風が吹いて、冷え込む季節になった。江戸の空は、よく晴れて雲ひとつない。

光三郎《こうざぶろう》が、店座敷《みせざしき》で、番頭《ばんとう》と小僧といっしょに刀の手入れをしていると、障子戸が開いて侍が入ってきた。

「御免《ごめん》」

「いらっしゃいませ」

黒羽織《くろばおり》を着ているが、すこし古びて傷《いた》んでいる。歳は三十ばかりか。軽輩《けいはい》の御家人《ごけにん》であろう。月代《さかやき》の伸びた中間《ちゅうげん》を一人つれている。

「刀を買ってもらえるか」

「拝見させていただきます。どうぞお上がりください」

光三郎は、ていねいに頭をさげた。買えるか買えないかは、見てからの話だ。

草履《ぞうり》をぬいだ侍が座敷に上がり、小僧の置いた座布団《ざぶとん》にすわった。

土間に立ったままの中間が、背負っていた細長い風呂敷《ふろしき》包みを框《かまち》におろした。

大きな包みだ。五、六振《ふ》りは入っているだろう。

風呂敷を開くと、案の定、紺地《こんじ》の錦《にしき》やら黒木綿《くろもめん》やら、五本の刀袋があった。

侍が、袋の紐《ひも》を解《と》いて、白鞘《しらさや》を取り出した。

「見てくれ」

片手でさしだしたのを、両手で受けとった。

「拝見いたします」

一礼して、鞘を払った。

見たところ、二尺三寸余りの定寸《じょうすん》。

鎬造《しのぎづく》りで、反《そ》りが浅い。

新刀、すなわち徳川の御代《みよ》になってから鍛えられた刀である。

刃文《はもん》は、濤瀾《とうらん》。

海の波のように、大きくうねった大胆な刃文で、素人《しろうと》にもすぐわかる。

この刃文ばかりは、古刀《ことう》にはない。鎌倉や室町の刀に、腰開《こしびら》きの丁子《ちょうじ》、あるいは、腰開きの互《ぐ》の目《め》といって、似たような形があるが、この刀はちがう。

刀工が、さいしょから大海の波のうねりを想起させる意図をもって焼いた刃文である。鎺《はばき》にちかい焼き出しは直刃《すぐは》だが、やがて波がうねり、およそ一寸おきくらいに、山と谷をくり返している。

津田助広《つだすけひろ》——。

という大坂鍛冶《かじ》の二代目が、寛文《かんぶん》年間の終わりごろ、新しく工夫した。なにしろ抜いたときに、ぞくっとするほど見栄《みば》えがするので、大坂ばかりでなく、江戸でも人気が高い。

「二代助広……」

「さようだ」

侍が、大きくうなずいて身を乗りだした。

「……に、似せてありますな」

「だめか……」

侍の顔が曇った。やはり——、という顔つきである。贋作《がんさく》だと、すでにどこかで言われてきたのだろう。

「残念ながら」

「どこが悪い？」

「ぜんぶ、よくありません」

刀の目利《めき》きで、光三郎は遠慮しない。よくない刀を褒《ほ》めると、あとでろくなことにならない。

「ぜんぶか……」

「はい。刃文だけはかろうじて似せてありますが、なによりも地鉄《じがね》がよくないし、沸《にえ》も匂《にお》いもついていない」

沸と匂いは、焼き入れをするときにできる細かい鉄の粒子だ。

腕のよい刀工が焼き入れすると、沸の粒や、さらに細かい匂いの粒が刃文の縁《ふち》にびっしりとつく。刃鉄の組織がそこだけ変わるので、光が乱反射して七色に美しく光る。

「正真《しょうしん》の助広なら、波にふっくら沸と匂いがついております」

それが、本物の助広の見どころだ。本物なら、ほれぼれと見とれてしまうだけの味わい深さがある。

この刀には、そんな妙味《みょうみ》がない。

「茎《なかご》を見ないのか？」

「見ずともわかります」

侍は諦めきれないらしい。光三郎は、うなずいて、目釘《めくぎ》をはずした。

右手で柄《つか》をしっかりとにぎり、刀身をまっすぐ立てた。

左手の拳で、右手の手首を、二、三度叩く。

こうすると、柄が抜けやすくなる。

柄をはずして茎を見た。

独特の丸い草書体で、銘が切ってある。

津田越前守《つだえちぜんのかみ》助広

いわゆる丸津田というやつだ。田の字など、まん丸に書いてある。

銘をひと目見て、光三郎は驚いた。

「これは……」

刀身の出来は悪かったが、銘は思いのほかよかった。

「どうだ、よい銘だろう」

「たしかに……」

「押形集《おしがたしゅう》でなんども確かめたが、銘は悪くないのだ」

侍のいうとおりだ。鏨《たがね》に勢いがあって、とても偽銘とは思えない。

ただし、茎にかけた鑢《やすり》が雑である。

本物の助広なら、もっとやわらかく鑢がかけてある。贋作は、そういうところまで、気と手がまわっていない。

——あいつか……。

光三郎は、偽銘切りの名人を思い出した。

これくらいの銘は、簡単に切るだろう。

——あいつなら……。

「ほかも見てくれるか」

「拝見いたします」

光三郎は、残り四振りの刀を見た。

白鞘を抜いて刀身をさらっとながめ、それから茎を見た。

どれも同じだった。

すべて、同じ手の贋作だ。

「どうだ、買《こ》うてくれぬか」

侍が念を押す顔でたずねた。

光三郎は首をふった。

「残念ですが、うちではお引き取りいたしかねます」

「そうか……」

侍が、肩を落とした。あちこちで断られ、この店に最後の望みをかけていたらしい。

「もうしわけありません」

べつにこちらが悪いわけではないが、侍があまりに落胆しているので、頭をさげた。

「いくらかでも、買うてくれんか」

「うちではなんともいたしかねます。京橋のたもとに、露店の刀屋がございます。そこなら、いくらかには買うでしょう」

「たずねてみたが。一振り一分でも買えぬとぬかしおる」

そんなところだろう。

この刀なら、拵《こしら》えをつけても、客への売り値はせいぜい二分か三分。

それが数打ち刀の相場である。

刀屋の儲《もう》けを考えたら、一分は出しすぎだ。

「失礼ながら、この刀、どこでお買い求めになられましたか?」

「大坂だ」

それなら、助広が刀を打っていた町だ。

「半年の大坂在番でな、この秋、江戸に帰ってきた。江戸で高く売れると聞いていたから、五振り買ってきたのだが、どうにも贋作をつかまされたらしい」

「高くお買いになったのですか？」

侍がうなずいた。

「二十両だ」

「五振りで？」

「いや、一振り二十両だ。江戸なら五十両だと聞いていたから、借金して買ってきたのだ」

たしかに本物の二代助広なら、一振り五十両はくだるまい。

〝そぼろ助広〟との異名をもつ初代助広もよい鍛冶だが、二代のほうが人気が高く、値も三倍くらいする。

ただし、本物なら、だ。

偽物《ぎぶつ》でも、こんな程度の悪い作は、話にならない。

この侍は、五振りで百両まる損したことになる。

顔に疲労が浮かんでいるのは、おそらく何軒も刀屋をまわったからだろう。どこの刀屋でも、こんな刀は、断るに決まっている。

「しかし、よく思い切って五振りもお買い求めになられましたな」

光三郎には、それが不思議だった。

刀に目が利くならともかく、目が利かぬくせに大枚《たいまい》を投じたのには、なにか理由があるのではないか。

「大坂に行く前に、刀屋に助広を見せられたのだ。ここが見どころだと、刃文のことや銘のことを教わっていた。それとまったく同じなので、買ったのだが……」

悔しそうにくちびるを嚙《か》んだ侍が、膝のうえで拳を握りしめている。

よほど腹を立てているらしく、拳がぶるぶる震えはじめた。

二

侍が帰ってから、奥にいた義父の吉兵衛《きちべえ》にいまの話をした。

黙って聞いていた吉兵衛がつぶやいた。

「しらなみ屋でしょう。浅草の」

「どんぴしゃりです。よくご存じですね」

それは、さっき来た村上という侍が、大坂に行く前、助広を見せられた店の名である。

村上は、その店で、初めて助広を見たといった。助広の名は知っていても、軽輩なら、正真正銘の本物を見る機会などあるものではない。

そのとき見せられた助広をしっかり目に焼きつけ、茎《なかご》はじぶんで控えを取って写したという。

大坂に行くと、お城のそばの刀屋で、助広があるかたずねた。

あるというので、見せてもらうと、浅草のしらなみ屋で見たのとまったく同じだ。

——これぞ助広。

歓《よろこ》びいさんで五振り買い込み、江戸に帰って、浅草のしらなみ屋に持っていくと、贋作だと買い取りを断られた——。

それがことの顚末《てんまつ》だ。

「正真とは鉄《かね》の味なんか、まるで違うのに、素人には、わからないんですね」

「そこが、あそこの商売ですよ。よく考えたもんです」

茶をすすっていた吉兵衛が、つぶやいた。

なにか、裏を知っているようすだ。

「へぇ、仕掛けがあるんですか」

「刀屋にもいろいろいるという勉強です。行ってみればいいでしょう」

今日は、吉兵衛の腰も具合がよく、ふつうに仕事ができるらしい。

「じゃあ、さっそく行ってかまいませんか」

「どうぞ、どうぞ」

吉兵衛にいわれて、浅草に行くことにした。

「いい羽織を出してくれ」

台所にいた妻のゆき江《え》にいうと、首をかしげた。

「あら、どちらに行かれるんですか」

「浅草の刀屋だ」

「だったら、わたしも行きたいわ。浅草寺《せんそうじ》の観音様《かんのんさま》、ずいぶんお参りしてませんもの」

「ああ、お参りなら、またこんど連れて行ってやるよ。今日は仕事だ」

「いいじゃないですか。同じ浅草なら」

「駄目だよ、刀屋は女連れで行くもんじゃない」

ゆき江の口がとがった。

「わかったわ。あとで寄り道するつもりなんでしょ。観音様の裏のほうに」

浅草寺の裏に吉原《よしわら》がある。そこに行くと勘《かん》ぐっているのだ。

「馬鹿なこというもんじゃないよ」

妻の相手はそこで切り上げて、光三郎はさっさと芝日蔭町《しばひかげちょう》の店を出た。

この寒いのに、浅草寺には大勢の人が詣《もう》でていた。仲店《なかみせ》はもちろん、門前の広小路もたくさんの人の波で賑《にぎ》わっている。

しらなみ屋は、雷門《かみなりもん》から大川橋にむかってすこし歩いたところにあった。

間口が広く豪儀《ごうぎ》な構えの店で、商売は太そうだ。

江戸の刀屋なら、たいてい知っている光三郎だが、この店は知らなかった。刀屋の寄《より》合《あい》でも見かけたことはない。

紺色の長暖簾《ながのれん》をくぐって店先に立つと、知らなかった理由がわかった。

——こういう商売か。

刀屋とはいっても、みやげ物同然の安い刀ばかりあつかっている店だ。そのわりに店の構えが立派なのは、虚仮威《こけおど》しだろう。

壁にかけてある刀の安っぽい拵《こしら》えを見ただけで、光三郎には、刀身の出来の悪さが想像できた。

町人が何人か、框《かまち》に腰かけて刀を見ている。店の者と話すのを聞いていると、どうやら江戸の者ではないらしい。旅で江戸に来て、みやげとして脇差《わきざし》を買って帰るのだ。なかに侍の客もいるが、やはり田舎《いなか》から来た足軽《あしがる》か浅黄《あさぎ》裏《うら》らしい。

抜き身を手にした客がいた。

そばで一瞥《いちべつ》しただけで、数打ちの安物だとわかった。なにしろ鉄が悪すぎる。満足に鍛錬《たんれん》もしてないだろう。

そんな刀に、みやげ向きに派手《はで》な拵えをつけ、二両か三両で売っているなら、儲かるはずである。

「いらっしゃいませ。お刀でございますか」

小僧に声をかけられた。

「ああ、こんど商売で大坂に行くんでね、みやげに助広でも買って来ようと思ってるんだ。ここで、本物の助広を見せてもらえるって聞いたんで、やってきたんだが……」

「へぇーい、助広様でござぁーい」

小僧がとつぜん大きな声をあげた。

驚いていると、番頭らしいのがあらわれた。腰が低くて愛想《あいそ》がよい。

「よい刀は、奥にございます。どうぞ、お通りくださいませ」

いわれるままに、店に上がり、ひとつとなりの部屋に入った。表の店座敷とは、虎の絵を描いた衝立《ついたて》で、仕切りがしてある。

――まずい絵だな。

虎の絵は、どう見ても下手くそだった。この店の刀と同じで、これ見よがしな派手さが鼻についた。

「大坂に行かれますんで?」

「ちょいと店の仕事でね」

「ご商売はなんでございますか」

「えっ」

いきなり訊《たず》ねられたので、答えに詰まった。

「なんのご商売で、行かれるんでしょうか」

番頭が、刀簞笥《かたなだんす》の抽斗《ひきだし》をひいて、刀を出しながら聞いた。むこうにしてみれば、ただの世間話のつもりらしい。

「あっ、ああ、木綿問屋でね……」

「さようでございますか。お見受けしたところ、若旦那様でいらっしゃるようですが、たいそうな大店《おおだな》なんでしょうな」

話しながら、番頭は、黒漆に青貝《あおがい》をびっしり蒔《ま》いた立派な鞘《さや》を取りだした。

鐔《つば》は、義経八艘飛《よしつねはっそうと》びの図柄だ。

海の波に小舟が浮かび、そこを義経が飛んでいる図である。ことのほか波が大胆に彫《ちょう》金《きん》してある。

安物の鐔ではない。けっこう値の張る拵えだ。

——これで濤瀾《とうらん》なら、つきすぎじゃねぇのか。

助広の濤瀾の刃文に、八艘飛びの鐔の取り合わせだとしたら、おあつらえ向き過ぎて、かえって興《きょう》ざめだ。

「これが助広です。よくご覧ください」

鞘を抜きはらった番頭が、抜き身を立てている。

「ちょっと拝見……」

と手を伸ばすと、番頭がすぐに、腕を引っ込めた。

「たいへん高価な刀でございます。そのままご覧ください」

刀というのは、自分で手に取ってよく眺めないと、鉄の味や刃文の沸《にえ》、匂《にお》いがよくわからない。

ただ、その刀は、そこまでしなくてもわかった。

今朝方、村上が店にもって来たのと同じ手の刀だ。

刃文だけは助広の濤瀾刃に似せてあるが、地鉄と鍛えが似ても似つかぬ代物《しろもの》だ。

「なんだいこりゃ」

「助広でございます。この大波のような刃文をよく覚えておいてくださいさい。大坂で、こんな刃文の刀があったら、助広です。うちに持ってきていただければ、黙って五十両。出来のいい助広なら、七十両で買わせていただきます」

光三郎は、番頭の目を見つめた。

「あんたの店は、こんな安っぽい贋作を五十両で買ってくれるのかい」

つぶやいた途端、番頭の顔色が変わった。

「お客さん、みょうなこと言うねぇ」

威すような、ドスのきいた口調で、こちらを睨《ね》めつけてきた。

「いや、それはどう見たって……」

番頭が刀を鞘に納め、立ち上がって刀簞笥にしまった。

「あんた、助広を見たことがあるのかね？」

「あっ、いや……」

光三郎は、もちろん本物の助広を何振りも見たことがある。

しかし、それを言えば、ここに助広を見せてもらいに来た理由が嘘《うそ》だとばれてしまう。

「あやしい野郎だ。ちょっと待っていろ」

立ち上がった番頭が、店の帳場に行き、紬《つむぎ》を着た中年男に話しかけた。

恰幅《かっぷく》のよいその男が、主人らしい。

番頭の話を聞きながら、こちらを怖い目でにらんでいる。

立ち上がって、衝立《ついたて》の奥に入ってきた。

光三郎の前にすわった。

「わたしがこの店の主人五平《ごへい》だ。なにしに、うちの店に来た？」

「そ、それは、大坂に行くので、助広を見せてもらおうと思って」

「いま、うちの助広が、贋物だといったそうだね」

じっとり粘っこい視線で光三郎を見すえてくる。

「……いや、ただ、なんか、そんな気が……」

「刀の目利きができるのか」

「いや……」

と答えたが、五平は信じていないらしい。目に疑いの光がある。

「贋《にせ》のなんのは、ちゃんと目利きしてからにしな。あんた、手にもとらず、ちらっと見ただけで、贋作と決めつけたというじゃないか」

たしかにその通りだが、それで分かるほどの安直な贋作だった。

主人の五平は、ふり返って、刀簞笥の同じ抽斗をひいた。

さっき見たばかりの青貝の鞘を取りだした。

「これが贋物かどうか、とくと鑑定してもらおうか。ほんとうに贋作なら、この五平、お詫《わ》びになんでもする。その代わり本物だったら、あんた、どうしてくれる」

「えっ……」

「他人様《ひとさま》の商売物にケチをつけて、詫びもせずに帰るつもりか。詫び証文の一枚も書けといってるんだ」

ずいぶん堂に入《い》った口調で、五平が威しをかけてきた。

光三郎はうなずいた。

「わかった。本物なら、詫び証文を書こう」

さっきの助広なら、天地神明に誓って、まちがいなく偽物である。

「よし。もう一度よく見るがいい」

「なんど見たって……」

同じだと思ったが、五平の迫力に押されて鞘を払った。

刀身を見て、光三郎は愕然《がくぜん》とした。

さっきの贋作とは、まるでちがう刀である。

姿は凜《りん》としているし、地鉄は冴《さ》えている。大きくうねる濤瀾の刃文には、ここちよい緊張感があり、なお、ふっくらと沸と匂いがついている。

ためつすがめつ眺めたが、まちがいなくすばらしい二代助広の作であった。

さっきは、手に取らずに見たから、勘違いしたのか……。

「いい助広だ」

つぶやかずにいられなかった。

「そうでしょう。贋作のなんのと言われたら、うちはたいへん迷惑だ」

「そりゃ……」

「たしかに、うちが商《あきな》っているのは、値ごろの刀ばかり。場所がら地方から参詣《さんけい》の方が多く、みやげ用の安い刀がよく売れるからだよ。だけどね、ちゃんとした銘のある刀も商っている。本物の助広をもってきてもらえば、高値で買う。なんの嘘偽りもありゃしないよ」

恰幅《かっぷく》のいい五平が、太い声でいった。

光三郎には、それ以上、抗弁する材料がなく、しぶしぶ引きさがるしかなかった。

三

――おかしい。どうしたって、おかしい。

最初に見たのは、まちがいなく、贋作だった。

それを、まんまと正真《しょうしん》にすり替えられたのだ。

そう気づいたのは、店を出てしばらく歩いてからだ。

――悔しいったら、ありゃしねぇ。

光三郎は、むかっ腹が立って腹が減った。雷門のちかくに屋台があったので、串で揚げた天麩羅《てんぷら》を食べた。

――なんだい、こりゃ。

見かけはうまそうだったが、衣ばかり厚くて海老《えび》も穴子《あなご》もちんまり小さかった。

騙《だま》された気分で、よけいに腹の虫がおさまらなくなった。

そのまま、浅草から四谷《よつや》に向かった。

あいかわらず、天気はいい。

風があるので、衿元《えり》を押さえながら、足早に歩いた。

歩き始めはむしゃくしゃしていたが、よく晴れた冬空を見ながら半刻《はんとき》も歩いていると、すこしは気分がおちついた。

四谷伊賀町《いがまち》の稲荷《いなり》横町を曲がると、鎚音《つちおと》が響いていた。

——おっ、雨でも降らなきゃいいがな。

清麿《きよまろ》が、めずらしく鍛刀しているらしい。

冴えた鎚の響きに、気がせかされて、足早に駆けた。

横町の奥の〝刀かじ清麿〟と書いた障子を、黙って開けた。

片肌を脱いだ男が、大鎚をふるい、山吹色《やまぶき》に蕩《とろ》けた鉄を打ちすえている。

大鎚をふるっているのは、鍛冶平《かじへい》こと細田平次郎《ほそだへいじろう》だ。

清麿が、手鎚で鉄敷《かなしき》のわきを、二度叩《たた》いた。

もう大鎚を打つのをやめろという合図だ。

清麿が、梃子棒《てこぼう》をしっかり握り、鉄を火床《ほど》に戻した。

光三郎は羽織を脱ぐと、火床のわきに走った。

鞴《ふいごえ》の柄を握り、抜き差しした。

風が火床の底に吹きこみ、炭が真っ赤に熾《おこ》った。

舞い上がった火の粉が、炎のなかで爆《は》ぜて、花になった。鉄のなかに炭素が多いと、火の粉が花になって爆ぜるのだ。

これでは、まだ刃鉄《はがね》が硬すぎる。

もっと叩いて炭素をへらし、甘くしないと、刀身に粘りが出ない。

それから、しばらく鍛錬に没頭して、光三郎はたっぷり汗をながした。

「じゃあなにかい、おめぇ、そのしらなみ屋の五平とかいう男のいいなりになって、詫び証文書いてきたのか」

鍛錬を終えた清麿が、鍛冶場横の四畳半にすわって、茶碗《ちゃわん》酒を飲みながらたずねた。

「しょうがなかったんですよ」

鍛冶場の腰かけにすわった光三郎は、さっきのことを思い出して、いまいましい気分になった。

「なんて書いたんだ」

「私儀《わたくしぎ》光三郎は、目利きにこれあらず候《そうろう》。二度と大口たたかぬこと、ここにお約束申し上げ候、ってね、爪印《つめいん》まで押さされて、悔しいったらありゃしませんよ」

くっくっくっと笑ったのは、平次郎だ。

「そりゃ、よかった。おまえさんが目利きじゃないのは、間違《まちげ》ぇねぇからな」

言ってから、平次郎がこらえきれなくなったように大声をあげて笑った。とても愉《たの》しそうだ。

「けっ、ほざくな。もとはといえば、おまえが偽銘を切った刀だぜ」

「銘はよかっただろ」

平次郎が、ごま塩鬚《ひげ》の生えた顔で、うかがうように、光三郎を見た。

「ああ……」

それぱかりは、認めないわけにはいかない。

平次郎は、鍛冶の腕だって悪くないが、偽銘切りに天才的な腕前を発揮する。

「でも、どうやってすり替えたのか、さっぱり分からないんですよ。最初に番頭に見せられたのは、間違いなく偽物。客がうちの店に持ち込んだのと同じ手の贋作です」

「それが、つぎに見たときは、正真正銘の本物だったっていうんだな」

清麿が、じぶんで茶碗に酒をついでいる。

「そうなんです。いったん刀簞笥にしまって、つぎに主人の五平に見せられたときには本物にすり替わっていた」

「なるほど」

「さすがに本物は、刀身の出来が断然いいし、茎《なかご》をあらためましたが、平次郎の鏨《たがね》じゃ、どうしたっておよばない品格のある銘でした」

「へん。品がなくて、悪かったな」

平次郎が鼻を鳴らした。

「なら、刀箪笥のなかで入れ換えたんだろ」

「わたしは、ずっとその部屋にいましたから、鞘を入れ換えたりしたら、すぐに分かります」

くっくっくっと、また平次郎が笑った。

「馬鹿だな、おまえさん」

「なんだよ、なにがおかしい」

「そんなカラクリも気づかないのかい」

笑われて、光三郎は腹が立った。

「うるせぇや。箪笥の後ろが開いてて、人が抜き換えたっていうのか」

あはははは、と、大声で気もちよさそうに平次郎が笑った。

「そんなご大層なしかけなんかしなくても、もっと簡単にできるじゃねぇか」

しばらく考えていた清麿が、膝を叩いた。

「ああ、なるほどな」

「親方は気づきなすったね」

平次郎がうなずいた。

「おまえ、刀箪笥のなかをのぞいたわけじゃないんだろ」

清磨がたずねた。

「へえ。いちばん上の抽斗を開けてましたから、なかは見えませんでした」

「だったら、そのなかに、まったく同じ拵《こしら》えの助広が二振《ふ》りあったってことだろう。贋作と正真正銘のとな」

「あっ……、ちくしょう」

光三郎は、おもわず声をあげた。

青貝の鞘と義経八艘飛びの鐔《つば》にまどわされたのだ。まさか、そんな珍しい拵えがふたつあるとは思わなかった。

たしかにそれなら、簞笥のなかで好きなほうを選べる。手前と奥と、置く場所を決めておけば、迷ったり、間違ったりすることもない。客によって、どちらを見せるか選べばいい。目利きの客だと見当をつけたら、本物を見せるのだろう。

まんまと騙されたのが、悔しくてたまらない。

「そのとおりでさ。あの店は、むかしから、ずっとそんな商売をしてるんですよ。勤番やら商売やらで、大坂に行く客を見つけては声をかけておくんです」

「助広を探してるってか？」

清磨がつぶやくと、平次郎がうなずいた。

「これが助広だって、偽物の助広を見せて、覚えさせる。それで、大坂で、しらなみ屋の手下が、それと同じ偽物を、掘り出し物だっていって売りつけるんですよ」

いくら大坂でも、本物の助広がそこらにごろごろしているわけがない。在番侍たちが通りそうな場所に刀屋を開いているのだろう。

「頭のいい奴だ。相手が大坂じゃ、おいそれと苦情ももちこめねぇ」

「江戸に帰ってきて、しらなみ屋に持って行くと、贋作だと断られる。正真正銘の助広とならべられたら、素人目にも違いは歴然だ。諦めるしかないって寸法です」

「ひでえな」

光三郎は、また腹が立ってきた。

「最初に見せられたのが贋作だと気がついたところで、証明のしようがない。お客は泣き寝入りですよ」

その悪事の片棒をかついでいたくせに、平次郎は悪びれる風もない。

「平次郎。おめぇ、助広の銘、たくさん切ったのか」

話しながら立ち上がった清麿が、台所をのぞいたが、女房のおとくは、買い物にでも出かけたらしい。

清麿が、水屋簞笥からするめを出して、平次郎に向かってほうり投げた。火床の熾火《おきび》で炙《あぶ》れというのだ。

「ずいぶん昔の話ですよ。そうですね。三百ばかりは切りましたか」

平次郎が、刃鉄《はがね》をはさむ鋏箸《はし》ですするめをつかんで、火床にかざした。

「それだけの人間が騙されたってことだぜ。罪な男だ」

「へん。目も利かねぇくせに分不相応な大枚をはたく奴のほうが間違ってるんだ。刀ってのは、自分の目を信じて、気に入ったのを買うのが本当じゃねぇのか」

それは、たしかに平次郎のいうとおりだ。

今朝、ちょうじ屋に来た村上という侍にしたところで、百両も損をしたのは、儲かると思って欲をかいたからである。刀で銭金《ぜにかね》を儲けようとしたりすると、まずろくなことにならない。

「だけど、おもしろくねぇな」

清麿がつぶやいた。

「そりゃまあ……」

炭に汚れた真っ黒い指で、平次郎が炙ったするめを裂いている。

鍛錬のときなら、火床からこぼれた真っ赤な炭を、素手でつかむくせに、するめを熱がって、ときどき自分の耳たぶをつまむのが可笑《おか》しかった。

裂いたするめを皿に盛って、清麿の前に置いた。

足を一本齧《かじ》った清麿が、酒をあおった。

「そのしらなみ屋五平という野郎、なんとか一泡吹かせてやりてぇな」

「おれも悔しくてたまんねぇんだ。ぜひともぎゃふんといわせてやりてぇんですよ」

光三郎が身を乗りだした。

「そうだ、いい考えがある」

清麿が膝を叩いた。

「なにか、思いつきましたか」

「おう。こんな狂言はどうだ」

清麿が話したのは、面白そうだが、やっかいな筋書きだ。すんなりうまくいくとは思えない。

「そいつは名案だ」

平次郎が賛成した。

「ちょっと危なっかしいんじゃないですか」

「なに、うまくいくさ」

「ばれたら、捕まるのは、おれですよ。牢屋《ろうや》にいれられて、何年かは出てこれねぇ。いや、その前に袋だたきにあって殺されるかもしれねぇ」

「おめぇ、親方のいうことが聞けねぇっていうのかい」

かなり酔っているらしく、目がすわっている。こんなときの清麿は、言いだしたらきかない。

「やるにしたって、それらしくするのに、肝腎《かんじん》の道具がないじゃありませんか。あれがないと、だれも信じちゃくれませんよ」

「なに言ってやがる。おれたちゃ鍛冶屋だ。あんなもの、すぐに作れる。平次郎、すぐにこしらえてやれ」

清麿の鶴の一声で、そのまま実行することになった。

四

三日後である。

朝、ときどき店にまわってくる髪結《かみゆい》の前にすわると、光三郎はつぶやいた。

「八丁堀《はっちょうぼり》風にしてくれ」

「へぇ、そりゃ、できますが、どうしてまた……」

「ちょっと素人芝居の会があるんでな。おれがその役回りさ」

「かしこまりました」

あまり納得していない顔で、髪結いが、櫛《くし》で髪をすきはじめた。

町人ならば、後ろのたぼをふっくら結うが、武家風はきりりと結い上げる。

小粋《こいき》な八丁堀の同心たちは、そこをわずかにふくらませている。

「いかがですか?」

合わせ鏡をのぞくと、うまくそれらしく仕上がっている。

「ありがとよ」

「あら、どうなさったの」

妻のゆき江が見とがめた。

「ああ、ちょっとな」

ゆうべのうちに、義父の吉兵衛には話しておいた。

――だいじょうぶですか?

心配顔だったが、止めはしなかった。

――しらなみ屋に、お灸《きゅう》をすえてやるんです。あんな野郎、刀屋として、許しちゃおけねぇ。

その気もちは、強くある。

清磨の考えた懲《こ》らしめ方がいいとは思えないが、親方の命令ならしょうがない。そのままやってみるばかりだ。

そのために、あれこれ支度《したく》が必要だ。

「紋付き出してくれ」

「今日も、お出かけですか」

「ああ」

着物を、ぎゅっと細めに着付けた。

同じ旗本《はたもと》、御家人でも、八丁堀《はっちょうぼり》の同心たちは、かっこうを見ただけで、すぐにそうだとわかる。むかし通った剣術の道場やら、刀剣の数寄者《すきもの》の集まりやらで、知り合いがいるから、だいたいの着こなしは知っている。

支度するのを、ゆき江が眺めている。

「ずいぶん粋に着付けられましたね」

「そうかい。いつもと同じだぜ」

「どちらに行かれるんですの」

「えっ、ああ、浅草だ」

ゆき江の目がつり上がった。

「また、吉原でしょ」

「冗談じゃない。昼間っから行きゃしないよ」

「じゃあ、暗くなってから行くのね、いやらしい」

「行かないよ」

「嘘ばっかり」

「嘘じゃねぇ。世の中のために役立つ仕事だ。行ってくるよ」

「世の中なんて、あなたの仕事に関係ないじゃありませんか……」

ゆき江がまだなにかいいかけていたが、さっさと店を出てしまった。

供は、番頭の喜介《きすけ》だ。

光三郎よりいくつか年上だが、いたっておとなしい男である。

こちらも、奉行所の小者らしく身支度させてある。お仕着せ風の着物の裾《すそ》をはしょらせ、黒い脚絆《きやはん》をつけさせた。御用箱めかした箱をかつがせると、それらしくなった。

「長年奉公させていただいてますけど、こんなことをするとは思ってもいませんでした……」

喜介が気弱そうにつぶやいた。

歩いて人目に立つといやなので、汐留橋《しおどめばし》で猪牙舟《ちょきぶね》を雇って、大川を漕《こ》がせた。浅草が見えてきたあたりで、光三郎は、羽織の裾を帯にはさんで短く着た。どういうわけか、町奉行所の同心たちは、こんな着付けをする。

風呂敷に包んできた大小を差して、平次郎がつくった十手《じって》を帯にはさんだ。

目を丸くした船頭に、酒手《さかて》をはずんで、岸に上がった。

緊張で、心の臓が破裂しそうだったが、胸を張って歩いた。

道ですれちがう人間が、こちらを見ている。

会釈《えしやく》する者もいる。町奉行所の同心だと思っているのだろう。

しらなみ屋の土間に立つと、小僧が深々と頭をさげた。手代や番頭も、なにごとかと見ている。

「主人の五平はいるかい」

朱房《しゅぶさ》のついた十手でじぶんの肩を叩きながら、いかにも横柄《おうへい》そうに口をきいた。

すぐにあらわれた五平が、両手をついて深々と頭をさげた。

「手前がしらなみ屋の五平でございます」

顔をあげ、あらためて、光三郎をしげしげと眺めてつぶやいた。

「おめぇは、このあいだの……」

「ふん。顔を覚えていたか。先《せん》だってはな、身を町人にやつしての探索であった。証拠ははっきりつかんだ。御用の筋だ、調べさせてもらうぜ」

十手をひけらかし、雪駄《せった》を脱いで店に上がった。

「あっ、ちょっとお待ちを」

五平が止めようとするのをかわして、虎の衝立の奥に入った。

刀箪笥のいちばん上の抽斗をひきぬいた。

清麿が見抜いていたとおり、青貝を蒔《ま》いた鞘《さや》が、二振り入っていた。鐔《つば》もまったく同じ、義経の八艘飛びである。

「案の定、これだ。おい、五平、こりゃ、いったいどういうことだい」

五平の顔がとまどっている。

「なにをなさいますか」

五平が後ろ手に、ふすまを閉めた。八丁堀の町方同心が奥に入ったので、客や小僧たちがこちらを見ていた。

「刀を改めさせてもらうぜ」

十手を帯にはさみ、簞笥のなかの刀を手にすると、五平がそれを取り上げようとした。

光三郎は腹の底から声を絞り出した。

「すっこんでろ」

手に取った刀の鞘を途中まで払った。

ほんの五寸ばかり見ただけで、贋作のほうだとわかった。鉄がくすんでいて悪すぎる。

鞘をもどした。

抽斗のなかのもう一振りの刀を手に取り、やはり、途中まで引き抜いた。

鉄がすっきり冴えている。それでいて深みがある。

こちらはまぎれもなく正真の助広だ。

二振りの刀を前に置いて、光三郎はどっかりと腰をおろした。細めに着付けているので、あぐらをかくと前が割れて褌《ふんどし》がちらりと見える。それが八丁堀同心の粋な着付けである。

「こりゃ、いったいどういうことだ」

十手の先を、五平の鼻に突き付けた。

「どういうことと言われましても……」

「ふん、訴人《そにん》があってな、ねたは上がってるんだ。おめぇのやった悪事は、すべてお見通しだぜ」

「なんのことでございましょう。手前どもには、さっぱり分かりかねますが」

五平の口調が、ていねいになっている。とりあえずは、光三郎を町奉行所の同心だと信じたらしい。

「刀の目の利かない客に贋作の助広を見せて覚えさせ、大坂の手下に、同じ贋作を高く売らせる。客は、江戸で高く売れるとよろこんで買って帰るが、じつは真っ赤な偽物。丸儲けって寸法だ。人の欲を逆手にとった悪徳商売。御奉行様から、探索の命令が出ているんだ」

「……うちは堅気《かたぎ》の刀屋でございます。なにを証拠にそんなことを、おっしゃるのですか」

五平が首をふった。

「へん。鍛冶平を知っているな。鍛冶屋の細田平次郎だ」

さすがに、鍛冶平の名が出て驚いている。

「鍛治平がうたったのさ。おまえに頼まれて、助広の偽銘をたくさん切りましたとな」

そういわれて、五平はゆっくりくちびるを舐《な》めた。

なんどか小さくうなずいてから、口を開いた。

「それが本当だとして、わたしは、なんの罪になるんですか。この店で偽物を売ったわけでなし、騙《かた》りを働いたわけでもなし。いったいどんなお咎《とが》めを受けるというんですか」

「ほう。開き直りやがったな」

「開き直るもなにも、わたしはなにひとつ悪いことなどしておりません」

「ふん。偽物で世間をたぶらかす悪徳商売を取り締まるのも、奉行所の役目だ」

「………」

「おめぇなんぞ引《ひ》っ括《くく》って、牢にぶち込むくらいわけはねぇんだぜ」

光三郎は、五平をじっとりにらんだ。

「それは……」

五平がたじろいでいる。いい按配《あんばい》だ。

「ただ、まあ、いまはまだ探索中だ」

「へぇ……」

「御奉行様にどうお話しするかは、おれの胸ひとつで決まるってわけよ」

光三郎は、わざといやらしくにんまり笑って見せた。

五平が、笑顔の意味を察したらしい。

「分かりました、旦那」

「なにが分かったっていうんだい」

「魚心あれば、水心。お目こぼしを願えましたら、相応のものを用意させていただきます」

「ほう。相応のものっていうのは、いったいなんだろうな？」

光三郎は、五平をじろじろ見すえた。

「山吹色のものでは、お気に召しませんか」

笑った五平の目元に、阿漕《あこぎ》な匂いがただよっている。

「いいだろう。掌《て》にずしりと重いくらい積んでみたら、おれも、忘れっぽくなるかもしれねぇな」

「かしこまりました。すこしお待ちください」

ふすまを開けて、五平が出ていった。

内心、いつばれるかとひやひやものだったが、なんとか騙《だま》しおおせたらしい。

愛想のいい女子《おなご》衆《し》が、茶と団子《だんご》をもってきた。

「なんだよ、急に待遇がよくなりやがった」

茶をすすった。

上等な茶であった。

団子を食べようと串を手にして、光三郎は背筋が寒くなった。

——おかしくないか。

たとえ疚《やま》しいところがあるにせよ、金をゆすりに来た男に、団子を食わせる店があるだろうか。

立ち上がって、ふすまを開けた。

店は、あいかわらず、大勢の客で賑わっている。

——どこへ行きやがった。

主人の五平を目で探すと、帳場で銭函《ぜにばこ》をのぞいている。

——なにをもたもたしてやがるんだ。

銭函をのぞきながら、なにか考え事をしているらしい。金子《きんす》が入っているなら、すぐに持ってくればよさそうなものだが、それをしないのは、金がないからか。

「こっちです」

店先の声に顔を向けると、番頭が店に駆け込んできた。

人相の悪い中年男がいっしょだ。

——まずい。

どうやら、近所の岡っ引きを呼んできたらしい。

光三郎は、すぐに座敷を出て框《かまち》に立った。雪駄を探したが見あたらない。足袋《たび》のまま逃げようかと迷ったとき、主人の五平がこちらにやってきた。

「馬之助《まのすけ》親分。ご苦労さまです」

親分と呼ばれた男が、土間から光三郎を睨めつけた。

「八丁堀の旦那ってのは、こちらの方かい」

「へぇ。そうおっしゃっておいでで」

「あっしは、北町奉行所定町廻《じようまちまわ》り同心の井上《いのうえ》様から手札《てふだ》をいただいている岡っ引きで馬之助ともうしますが、失礼ながら、旦那はあんまりお見かけしないお顔。どなた様のご支配で？」

内心、舌打ちしたが、ここは白《しら》を切り通すしかない。

「どちら様ったって、おめぇ、おれは南だから、池田播磨守《いけだはりまのかみ》様に決まってるじゃねぇか」

光三郎は、南町奉行の名をあげた。

「いえ、与力《よりき》はどなた様で」

ますます訝《いぶか》しげな顔を向けてくる。

「おれは、定町廻りじゃねぇ、奉行所は奉行所でも、市中取締諸色掛《しよしきがかり》の御支配だ。与力殿のお名前を出したところで、おめぇなんぞ知っちゃいめぇ」

「へぇ……」

市中取締諸色掛は、町奉行所に所属するいわば経済警察である。物の値段を調べ、不法な買い占めや投機をとりしまった。

しらなみ屋が、岡っ引きや町方同心と懇意にしていたときのために、光三郎は言い抜けできる答えを用意していたのである。

「だから、おめぇらみたいな薄汚い岡っ引きと知り合いにならずにすむのが幸いだ」

すごんで見せると、岡っ引きが恐縮した。

「へぇ。申しわけありません」

「で、なんだ？　五平さんよ、おめぇ、岡っ引きを呼んで、どうするつもりだったんだ」

「すみません。諸色掛の方とは存じませんで……」

やはり、光三郎を怪しいと思ったのだろう。こうなったら、とっとと金をもらって退散するにかぎる。

「わかったらいいんだ。ずっしりと重いものはどうなったんだ？」

「はい。ただいま、すぐにご用意いたします」

帳場にもどった五平が、銭函をもってきた。

座敷に入ってふすまを閉めると、二十五両の包みを四つ取りだした。

「どうぞ、これでご内聞《ないぶん》に」

「ああ」

無造作《むぞうさ》につかんで、懐にねじ込んだ。

「おい、雪駄を出してくれ」

「へい」

小僧がそろえた雪駄をはいていると、店先に若い男が飛び込んできた。

「親分。同心の井上様が見つかりました。すぐにおいでになります」

馬之助にそういったところをみれば、子分らしい。

――まずい。

本物の同心に来られては、諸色掛なんて話は通用しない。

光三郎は、土間を蹴《け》って駆けだした。

「逃げるぞ。捕まえろ」

五平が叫んだ。

「待て」

すぐそばにいた岡っ引きの馬之助が、光三郎の羽織の袖をつかんだ。

袖が破れた。

かまわず駆けたが、下っ引きが両手を広げて通さない。

そのまま体当たりして突き飛ばし、表に出た。ちょうど、黒羽織の町方同心に真正面から出くわした。

――しまった。

悔やんだときは、遅かった。

息ができぬほど鳩尾《みぞおち》に柄《つか》当てをくらっていた。

よろけたところを蹴飛ばされ、往来の真ん中に転がされた。

後ろ手にねじ上げられ、麻縄《あさなわ》で縛られた光三郎は、一生牢獄から出られぬものと観念した。

五

光三郎が、四谷伊賀町の鍛冶場に行くと、清磨が女房のおとくの膝枕で横になっていた。

耳掃除をしてもらっているのだ。

平次郎は、炭を切っている。

眠そうな目で、清磨が光三郎を見た。

「なんだい、おめぇ、浮かねぇ顔をして」

「浮かなくもなりますよ。奉行所の同心に、さんざん絞られました」

「ん？　なにしでかしたんだ」

「なにって、このあいだ、親方が考えた狂言ですよ」

「狂言？」

「浅草のしらなみ屋の話ですよ」

「しらなみ屋……？」

「助広の偽物《ぎぶつ》の……、覚えてないんですか？」

「さあてな」

清磨が気もちよさそうに目を閉じた。

「おれ、酒を飲んでるときに話したことっていうのは、まるで覚えちゃいねぇんだ」

「よしてくださいよ……」

光三郎は、全身から力が抜けた。なんのための大芝居だったというのか。

「いつもそうなんだから、飲むのもたいがいにしてくださいよ」

おとくが、耳を掃除しながらつぶやいた。清磨は幸せそうな顔だ。

「はい。できました」

おとくが肩をひとつ叩くと、清磨が起きあがった。

「あきれた。ほんとに忘れたんですか」

光三郎がたずねると、清磨がうなずいた。

ほんとうに覚えていないらしい。

「親方が、おれに同心のふりして乗りこめっていうから、そのとおりにしたんですよ」

「へぇ、そりゃ、おめぇ、大胆なことしでかしたな。よく、ばれなかったもんだ」

「ばれましたよ」

「そりゃそうだろう。捕まって、百敲《ひやくたた》きにでもされたか」

「いえ、あらわれた同心が、さいわい刀剣の会で顔なじみの井上って男でね。助かりました。縛られて自身番の小屋まで連れていかれましたが、話を聞いて放免してくれました」

「なんだ、百敲きくらいしてもらわなくちゃ、つまらねぇな」

くっくっくっ、と、声がした。炭切りをしながら聞いていた平次郎が笑っているのだ。

「おれは、さんざん説教されましたけど、それでも、しらなみ屋のことは、洗いざらい話したんです」

話を聞いていると、清磨もすこしは思い出したらしい。

「ふん、それで？」

「なんだか、怪しいと思っていたそうですよ、井上さんも。調べたら、大坂勤番をした連中に、けっこうそんな話が多い。偽物を商うこと不届き至極ってことで、しらなみ屋五平は、手鎖《てぐさり》百日。贋物《がんぶつ》は、買い値で引き取れとのお裁きでした」

そのことを、村上という侍に報《しら》せてやったら、飛び上がってよろこんでいた。

「へぇ、そりゃ、よかったじゃねぇか」

清麿が、きょろきょろしている。酒のとっくりを探しているのだろう。おとくが気づいて、すぐにお茶をいれた。

「ちぇ、ちかごろは茶ばかりだ」

「いいんですよ、体にはそのほうが。わたし、お茶大好き」

おとくが清麿とならんで、茶をすすっている。

「そうそう。奉行所では、偽銘を切った悪い鍛冶を探しているそうですよ。そいつは、しらなみ屋より百倍も悪党だって、御奉行さまがおっしゃって、手鎖やら百敲きくらいじゃすまさねぇ、軽くて遠島、いや獄門にするかと、いまご詮議《せんぎ》中だって話です」

聞いていた平次郎の顔が、見る見るうちに青くなった。

「ごめんなすって」

立ち上がると、炭笊《すみざる》につまずいて、炭をあたりにぶちまけた。それを片づけもせず、表に飛び出してしまった。

その姿が、あまりにあわてていて可笑しかったので、清麿と光三郎は、腹を抱えて笑い合った。

だいきち虎徹《こてつ》

一

麹町《こうじまち》の旗本《はたもと》屋敷で買いつけたばかりの刀を手に、光三郎《こうざぶろう》は、芝日蔭町《しばひかげちょう》のちょうじ屋に帰った。

師走《しわす》になってから、空はあっけらかんと抜けて青いが、風が頬を切って冷たい。

障子《しょうじ》を開けて店に入ると、店座敷《みせざしき》に客がひとりいた。框《かまち》の端に控えているのは、つれてきた供の者だろう。

客は、医者や茶道の宗匠《そうしょう》が好んで着る十徳《じっとく》を着ている。火鉢《ひばち》をはさんで義父の吉兵衛《きちべえ》と話していた。

こちらを振り向いたので、土間に立ったまま頭をさげた。

「いらっしゃいまし」

——おや。

学者のような顔に見覚えがあった。

ずいぶん白髪《しらが》が増えたが、まちがいない。何年か前、しきりと光三郎の生家に出入りしていた男だ。

挨拶しようかどうか迷ったが、その客は、関わり合いになって、あまり愉快な男ではない。

会釈《えしやく》をしたまま、奥に引っ込もうと思った。

手にしていた湯飲み茶碗を置いて、男が目を見開いた。

「間違っていたら失礼だが、黒沢《くろさわ》様のご子息ではありませんか」

「……はい」

「これは、驚いた。いましがたの四方山《よもやま》話に出たこちらの婿というのは、御腰物《おこしもの》奉行の息子さんでしたか」

「はい……」

「お忘れですか？　お父上にお世話になっていた白石《しらいし》です」

剣相家《けんそうか》の白石瑞祥《ずいしよう》である。

侍ではなく、もとは、どこかの神官上がりらしい。

いかにももったいぶった気障《きざ》な男で、光三郎は好きではなかった。世の中のことなんぞ、裏まですべて見通しているといわんばかりのしたり顔は、以前と変わっていない。

「失礼いたしました。白石先生でしたか。よくおいでくださいました」

舐《な》めるような白石の眼が、光三郎を見ている。町人風にたぼをつけた髷《まげ》が、すこし恥ずかしかった。侍だったら、こんな男に、卑屈にならずにすんだ。

「こんなところで、お目にかかるとは……。いや、こんなところ、というのは失礼かな」

「お恥ずかしい話ながら、父親とぶつかりまして、家を出ました。ご縁があって、ここの婿養子にしていただきました」

白石が、大きくうなずいた。

「そうでしたか。御奉行のお坊《ぼっ》ちゃまがこちらに……。いや、知らぬこととはいいながら、ご無礼いたしました」

居ずまいを正し、両手をついた白石が、丁寧《ていねい》に頭をさげた。恐縮するくらいの慇懃《いんぎん》ぶりだが、じつにわざとらしい。

「お手をお上げください。いまは、武士ではなく、ただの刀屋でございます。あの家とは、すっかり縁が切れております」

いくども白石がうなずいた。いやな感じだ。

「黒沢様は、お城勤めでも、なかなか頑《かたく》なところがおありとうかがっております。そうですか、ご勘当となられましたか。そうですか……」

「はい。円満に勘当とあいなりました」

そんな話は、早く切り上げたくて、冗談めかした。

白石が鷹揚《おうよう》に笑った。

「はは。円満に勘当……は、よろしゅうございますな」

しかし、この男、なにをしに来たのだろうか。光三郎にはそれが気になった。

「今日は、なにかお探し物でしょうか？　うちなんぞのお刀では、先生のお目にかないますまい」

むろん、刀屋としての愛想《あいそ》である。こういう男は、敬して遠ざけるにかぎる。

「いや、久しぶりにうかがったが、相変わらずの名刀ぞろい。よい刀をたくさん見せていただきました。眼福《がんぷく》でございましたとも」

義父の吉兵衛が、わきに置いてあった奉書《ほうしょ》の包みを手にして、光三郎に見せた。

仰々《ぎょうぎょう》しい字で、
御刀剣御鑑定
と、上書きしてある。

「今日は、先日お願いした鑑定の結果を、わざわざ、先生がご自分で届けてくださったんですよ」

義父の説明に、光三郎はうなずいた。

剣相家白石瑞祥の鑑定は、ちかごろ侍たちに人気がある。

正真《しょうしん》かどうか真贋《しんがん》を判定する目利《めき》きとは違い、瑞祥は、刀の吉凶を鑑定する。一種の占いといってよい。

武士には、差料《さしりょう》の剣相を気にする者が多い。

そもそもが命に関わる道具だから、縁起のよいものを使いたいのは当然だろう。むかしの中国でも、剣の相で吉凶を占ったし、日本でも、鎌倉のころには、すでに剣相を占ったとの記録がある。

だれだって、腰の刀が秘めている吉凶の運は気になる。

刀屋になって、光三郎もはじめてわかったが、刀の出来そのものよりも、剣相のよい刀を求める客は、けっこう多い。

剣相は、剣の長さや地鉄《じがね》の肌、刃の焼きぐあい、疵《きず》のかたちや場所によって鑑定するから、奥が深く、いくつもの流派がある。素人《しろうと》が一目見て分かるという簡単なことではない。人相や、手相と同じように、鑑定できるのは専門の剣相家ということになる。

ちょうじ屋で刀を買う客のなかにも、剣相を気にする者がいる。

お客には、そんなことより、地鉄《じがね》と鍛えのよい刀を選ぶように口をすっぱくして勧めるのだが、耳を貸さない客もいる。

「実際に人を斬《き》るわけではないでな。どうせなら、剣相のよい刀がよかろう」

客にそう言われると、刀屋としては、それ以上、ことばがない。

客のなかには、ときに、どうしても白石瑞祥の鑑定書がほしいという者がいる。こちらも商売だから、それで値の張る刀が一振《ふ》り売れるならば、と、しょうことなしに、引き受ける。

そんなときは、番頭《ばんとう》か小僧に、刀となにがしかの礼金を飯田町《いいだまち》の白石の家に持って行かせる。

半月ばかりすると、白石の門人が、刀と鑑定書を届けに来る——。

ときどき、そんなやりとりがあるのだという話は、吉兵衛から聞いている。そういえば、このあいだも、白石に鑑定を依頼した刀があるといっていた。

持ってきた鑑定書の中身は、読まずとも分かる。

包んだ礼金が多ければ大吉、少なければ小吉である。

刀の出来とはまるで関係ない判定だが、それで刀を買う客が安心するなら、店としては、すべてを否定することもできない。

白石の眼が、光三郎の手の紺風呂敷《こんぶろしき》にとまった。

「それは……」

「はい。いま買いつけてきたばかりの虎徹《こてつ》です」

ちょっと自慢したい気持ちで、光三郎は口にした。

じつは、これを手にして帰ってくる道すがら、こころがときめいてしょうがなかった。名工長曾祢《ながそね》虎徹の、なかなかよい作なのである。いや、かなり上出来の作だ。

白石がうなずいた。

「それはよいものを手に入れられた。ご迷惑でなければ、拝見したい」

剣相家として、世に名高いだけあって、白石の話の間合いや口調には、相手をはずさせない絶妙の呼吸があった。

「はい……」

「売り先は、すでにお決まりか」

「いえ、まだ……」

この虎徹を、白石がなんと評するか、聞いておくのも悪くないと思った。

「先生に観《み》ていただけるなら、光栄です。見料はお支払いいたしかねますが……」

「なんの、お願いして、拝見させていただくのはこちら。見料など、お気になさいますな。無料で鑑定させていただきます」

内心、光三郎は、白石の言いぐさに腹が立った。

この男は、昔からそうなのだ。

こちらの出方を見て、下手《したて》に出たら、その上に乗りかかってものをいう。強気に出れば、媚《こ》びてくる。粘りついたら離れない納豆か山芋のような男だ。

「よろしゅうございます。先生のお眼鏡《めがね》にかないますかどうか、ご覧ください」

草履《ぞうり》を脱いで店座敷に上がり、風呂敷を広げた。

なかに、刀袋がふたつ。

ひとつは、鞘《さや》と柄《つか》の拵《こしら》えだけが入っている。

白鞘《しらさや》の入っている刀袋を手にして、紐《ひも》を解《ほど》いた。

さっき、麴町の屋敷で見たばかりだというのに、光三郎は、また胸が高鳴った。

なにしろ、虎徹である。

しかも、出来がよいので、鞘を手にしただけで、全身が痺《しび》れるほどに興奮してしまう。

白鞘を目八分に捧《ささ》げ、光三郎は一礼した。

そのまま、白石に手渡した。

「拝見いたします」

鞘をすらりと抜き払うと、白石は、腕を前に伸ばして刀全体の姿を眺めた。

二尺三寸あまりの定寸《じょうすん》である。

おそらくは、寛文《かんぶん》末年ごろ、虎徹円熟期の作であろう。

姿はきりりと引き締まり、地鉄《じがね》は澄みきっている。

刃文《はもん》は華やかで変化に富み、いかにも虎徹らしい品格と、冴《さ》え冴《ざ》えとした威圧感がある。

――この虎徹なら。

いかに、白石といえども、悪くは言えまい。

そう思えば、光三郎は、内心にやりとほくそえんだ。

白石瑞祥は、なかなか刀を褒《ほ》めない。

何年かまえ、生家の座敷で、父と瑞祥が刀を見ているとき、光三郎もくわわったことがあるが、あれやこれやと難癖《なんくせ》をつけるのが得意である。

光三郎が、この男をあまり好ましく思わないのは、刀の出来とは関係のないどうでもよいことを疵だと言い立て、刀の悪口をいうからだ。

逆に、聞いているのが恥ずかしくなるくらい褒めることもある。刀の持ち主によって、ことばがくるくる変わるのだろうと、光三郎は見ていた。

――この虎徹は、なんと言うだろうか。

それが楽しみだ。

白石が左手に十徳の袂《たもと》を巻いて、刀身をのせた。

顔をちかづけ、ためつすがめつ、ながめているうちに、目が大きく開いてきた。顔に驚きが浮かんでいる。

――どんなもんだい。

と、自慢したい気分だ。

「茎《なかご》を拝見したい」

「どうぞ」

目釘《めくぎ》を抜いて柄《つか》をはずし、じっくり見つめている。

欅《けやき》の長火鉢では、鉄瓶《てつびん》に湯の沸《わ》く音がしずかに響いている。ときおり、障子を鳴らす風の音。

切先《きっさき》から茎の尻までたっぷりと眺めて、白石は刀を鞘にもどした。

両手でうやうやしく捧《ささ》げ、光三郎に返した。

「けっこうなお刀で……」

吉兵衛があたらしく入れ直した茶をすすっている。

なにも言わない。

光三郎は、じれた。

「いかがですか」

「よい刀です……」

語尾に、微妙なあやを残した言い方だ。猫につかまった鼠《ねずみ》のように、気持ちを弄《もてあそ》ばれている気がした。

「ご鑑定は」

「はい……」

茶碗を手にしたまま、光三郎の手の白鞘を見つめている。

「聞かせていただけませぬか」

「そうですな……」

「どのように、ご覧になりましたか」

「よい刀ですとも……」

まったく、骨のない海鼠《なまこ》のような男だ。歯にたっぷり衣《きぬ》を着せて、思わせぶりを匂わせながら、のらりくらりとかわしている。

「ご鑑定をお聞かせ願えませんか」

金を払う気はさらさらないが、世間話として、見立てのひとくさりも語るのが、この場合の義理だろう。

「いや……。口にせぬほうがよいときもある」

そんなことを言われたら、ますます聞かずにはいられない。

「ぜひとも、うかがいたい」

光三郎が白石を見すえると、じっと見つめ返してきた。

「では、なにを言いましても、お怒り召されますな」

「………」

怒るかどうかは、話を聞いてみなければ分からない。

しかし、口を開かせるには、うなずくしかなかろう。

「承知しました。ご鑑定そのままをお聞かせください」

ゆっくり息を吐いて、白石がくちびるを舐めた。

「凶相です」

「えっ……」

「見たこともないほどの大凶だ。この刀の前の持ち主は、若死になさったのではありませんか」

ぎょっとした。

大凶相という見立てはともかく、前の持ち主が、まだ若いのに急死したことは確かだ。

「…………」

光三郎は、こくりとうなずいた。

「そうでしょう。持ち主に、祟《たた》りをなす刀です。あちこちに曇りがありますな。妖《あや》しい影や崩れも目立つ。お気をつけなさい。この家に悪いことが起こらなければよいが」

光三郎は、全身をこわばらせ、いまいちど、虎徹の鞘を抜きはらった。

刀身をいくら見つめても、光三郎には、出来のよい素晴らしい刀にしか見えなかった。

「いったいどこが……」

勢いこんでたずねると、白石が指で刀のあちこちを示し、ひとつずつ凶相の説明をはじめた。

二

晩飯を食べ終えて、ぼんやり茶を啜《すす》っていると、妻のゆき江《え》が首をかしげた。

「あんまり美味《おい》しくありませんでしたか……」

「えっ、なんだい？」

「晩ご飯ですよ。今夜のは新海苔《しんのり》ですよ。お好きでしょ」

「ああ、うまかったよ」

焼いためざしに大根の煮付け。それに海苔を確かに食べた。海苔は光三郎の大好物で、一年中いつでも食べたいのだが、やはり、この季節の新海苔が、いちばん味が深い。さっと火に炙《あぶ》ったやつに、ほんのすこし醬油《しょうゆ》をつけて飯を食べると、磯《いそ》の香りが口中にひろがってたまらない――はずなのだが、今夜は、新海苔だということにさえ、気づかなかった。

「どうかなさったんですか。また、新橋の女のことでも考えてるんですか」

「ばかをいえ。そんなんじゃねぇや」

「どうですか」

「はは。瑞祥さんのことですね。まあ、気にしなさんな。あの御仁《ごじん》、何年か前には、ようちにも来たんだが、ちかごろはとんと姿を見せなかった」

義父の吉兵衛が茶を飲みほした。

「そうなんですか」

「学者みたいな顔をしているが、あれで商売の達者な人ですよ。ちかごろはずいぶん羽振りがいいらしい。口ひとつで稼いでいるんだから、聞き流してりゃいいんですよ」

「それは、分かってるつもりですが、どうしたって気になります。あんなこと言いやがって。前の持ち主が若死にだなんて、当たっていたから、どきりとしました」

「それが、瑞祥の商売ですよ。あれだけの虎徹です。持っていたのは大身《たいしん》のはずだし、それを売るなら、売るだけの理由があるのでしょう」

「まったくです……」

あの虎徹を売った旗本の家は、四十二歳の当主が突然亡くなったのだという。長男があとをついで出仕したのだが、嫁取りもせねばならず、なにかと物入りなので、刀を売ることになったと聞いた。

「若死にといったって、たまたま当たっただけです」

「そうでしょうか……」

「若死にではなくて、八十の大往生《だいおうじょう》でした——って、言ってごらんなさい」

「なんて言うでしょう」

「それは惜しいことをした。その方は、百を超えても生きるだけの天命の持ち主。天寿を全《まっと》うせずに亡くなって、まこと、若死にでございますな……。はは。わたしは、まえに、瑞祥が顔色ひとつ変えず、そう話すのを聞いたことがあります。あれは、あれで、ひとつの芸ですね」

「しかし、あそこまで言われると業腹《ごうはら》です。この家に祟りがあるかもしれないなんて、あんまりだ」

「気にしなければいいんです。なんでもありゃしないんだから」

「そうですね。その通りだ」

うなずきはしたが、障子を鳴らす寒風さえ、なんだか不気味に聞こえてしまった。

町内の銭湯に行って、たっぷり温まった。帰ってくると、ゆき江が寝床に陶器の湯たんぽをいれてくれていた。

ゆき江も風呂帰りである。丸い鏡にむかって、寝化粧《ねげしよう》しているのが思わせぶりだった。

光三郎は、行灯《あんどん》の芯を剪《き》って、火を大きくした。

枕元に置いてある虎徹を見るつもりだ。

「なんですか。また、刀ですか」

鏡をのぞきながら、ゆき江がぼやいた。

それでも、光三郎は、虎徹が見たくてたまらない。

いい虎徹なのだ。

とてもいい刀なのだ。姿も、地鉄《じがね》も、刃文《はもん》の焼きも、はなはだ出来がいい。これならば、虎徹好きの栗山越前守《くりやまえちぜんのかみ》のところに持っていけば、すぐに高値で買ってくれる。うんと儲《もう》かりこそすれ、どうして、わが家に祟りなどあるものか。

そう思いながら、枕元にすわり、鞘を払った——。

そのときである。

左手の親指のつけ根に、ひんやりと氷でも触れた気がした。

「……えっ」

鞘がすべったのだ。

最初、血はわずかに一筋滲《にじ》んでいるだけだったが、すぐにびっくりするほどいっぱいあふれ、畳が赤く染まった。痛みが親指のつけ根から頭の奥まで走った。

「どうしたんですっ」

驚いたゆき江が声をあげた。

すぐに手拭いで強く縛り、血を止めた。幸い親指は、落ちずについている。痛みは強いが、動くことは動く。

「ほんとに、しっかりしてくださいよ。刀屋が刀で怪我《けが》しちゃ、しょうがないじゃないですか」

まったくそのとおりだ——と思った。返すことばがなかった。

翌朝、吉兵衛が起きてきたら、すぐに怪我の話をしようと思ったが、いつまでも起きて来ない。

「おはようございます」

ふすまの外から声をかけると、力のない返事が返ってきた。

「だいじょうぶですか？」

「なに、いつもの腰痛です。冷え込んできたので、ちょっと辛くなっただけですよ」

そんなことさえ、虎徹が祟ってのことではないかと思ってしまう。

その日は、客が多かった。

番頭と手分けして、客に刀を見せると、何振りか値の張る刀が売れた。二人の小僧も、気張ってよく働いてくれた。

「ざまあみろってところです。祟りなんかあるもんですか。大凶どころか、大吉の虎徹ですよ」

店を閉めてから、いつもよりずっと多い売り上げを持って、寝ている吉兵衛に報告した。

「ええ。刀の祟りなどあるはずありません」

うなずいた吉兵衛は、いつになく腰が痛むらしく、苦しげに顔をゆがめた。

何日かして、客の屋敷に刀を届けに行っていた小僧の梅吉《うめきち》が青い顔で走って帰ってきた。

「すみません。掏摸《すり》にやられました……。お屋敷でいただいた代金をすられてしまいました」

「なんだって」

光三郎は、祟りかと思ってぞっとした。梅吉は年が明ければ十五になる。正月に手代にしてやるつもりだったから、小僧ながらもしっかりしている。泣きべそをかいた悲愴《ひそう》な顔は、嘘をついているようには見えない。

「汐留橋《しおどめばし》んところで、わざとらしくぶつかってきた男がいて、怪しいと思ったんで、すぐに懐を調べたら、もう財布がなくて……。あわててあたりを探したんですが、どこにも姿が見あたらないんです……」

「ちぇっ。そんなこともあらぁ。しょうがねぇさ」

光三郎は、ちょっと自棄《やけ》ぎみだった。

「ほんとうにねぇ、どうしちゃったんでしょうか。やっぱり虎徹の祟りですか」

ゆき江が心配そうな顔をしている。

「なに言ってやがる。そんなこと、ぜったいにありゃしないよ」

二日たった夜、いつも注意深いゆき江が、行灯を転がして燃やしてしまった。すぐに消しとめたので、畳が焼けただけですんでよかったが、光三郎は、背筋がぞっとした。

次の朝、夜明けとともに起きると、光三郎は、くだんの虎徹を持ってちかくの神明宮《しんめいぐう》に行き、神主にお祓《はら》いをしてもらった。

三

虎徹を持って、光三郎は、四谷伊賀町《よつやいがまち》の稲荷《いなり》横町を訪ねた。

冬場は、鍛冶屋《かじや》の書き入れ時である。

師匠もきっと刀を打っているだろうと思ったが、鍛冶場はひっそり静かだった。ここ何日も、火床《ほど》に炭を熾《おこ》したことがないと思えるほど、冷えきっている。隅に平次郎《へいじろう》がいて、刀の茎《なかご》を見つめていた。

清麿《きよまろ》は、どてらにくるまって、火鉢にあたっていた。

「おはようございます」

「おう。早いな」

そろそろ四ツ（午前十時）になろうという時分だから、もうたいして早くもないが、清麿は、きっと連日の深酒で、朝寝が習慣になっているのだろう。

女房《にょうぼう》のおとくが、そばについている。火鉢にかけた鉄のちろりを手にすると、清麿の杯《さかずき》に酒をついでやった。

「あたしがついてるのに、朝からお酒飲ませちゃって、いけないわね」

おとくが言い訳のようにつぶやいた。

「しょうがねぇだろ。それだけ、好きなんだからよ、おめぇも、酒もな」

清麿が肩を抱くと、おとくが目を細めた。惚《ほ》れ合っているのは、どちらも同じらしい。たいがいにしてくれとぼやきたくなった。

「ちょっと、これを見てもらえませんか」

「なんだい。おれは、いま刀なんか見たかねぇよ」

「そんなこと言わずにお願いしますよ」

「やだね」

清麿が、すいっと杯をあおった。朝酒は、極楽だといわんばかりの顔だ。

「虎徹でもですか」

「なんだよ。それなら早くいえ」

とたんに、清麿の背筋が伸びた。

白鞘を渡そうとすると、待てと、手で制した。

立ち上がって台所に降り、甕《かめ》の水を柄杓《ひしやく》で何杯か飲んだ。盥《たらい》に水をくんで、ばしゃばしゃ顔を洗った。

どてらの袖《そで》で顔を拭《ふ》きながら部屋に上がると、それを脱いで正座した。顔は赤くない。いたって素面《しらふ》らしい。

白鞘をわたすと、一礼して、鞘を払った。

じっと見つめている。

黙ったまま、顔を近づけたり、目を細めたり、飽きるまで見つめ、瞑目《めいもく》して大きなため息をついた。ゆっくりと鞘にしまった。

「どうですか」

聞いてみたが、清麿はなにも答えない。

またどてらを羽織《はお》り、火鉢の前であぐらをかいてすわると、杯を突き出した。

おとくが、燗酒《かんざけ》をついでやった。

すっと飲みほすと、光三郎の親指に目を落とした。

もう血は止まっているが、膏薬《こうやく》を貼《は》って、白い布で縛《しば》っている。ずきずきと深い痛みが治まらないのは、どうしようもない。

「そいつは、どうしたんだ」

清麿が目でしゃくった。

「これですか……、いや……」

「まさか、この虎徹に祟られたんじゃないだろうな」

光三郎の全身に脂汗がふきだした。道を歩いていたら、いきなり抜き身を手にした辻《つじ》斬《ぎ》りが飛び出してきて斬りかかられた気分だ。

「親方は、どうして、この虎徹が祟ると思ったんですか……」

「ふん。祟るから、相談したくて持ってきたんじゃねぇのか」

「そういうわけじゃ……」

「わっしにも、見せてくれよ」

鍛冶場の隅で、刀の押形《おしがた》を取っていた鍛冶平《かじへい》こと細田《ほそだ》平次郎が立ち上がって、部屋の框に腰を下ろした。

清麿は、もう虎徹のことなんか忘れたような太平楽な顔で、おとくの白い手をさすりながら酒を飲んでいる。

光三郎が白鞘をさしだすと、平次郎が受け取って鞘を払った。

刀身を立てて、目を凝《こ》らしている。

ぐっと目をちかづけた。

なんども、うなずいている。

「ここだな」

物打《ものう》ちあたりの刃文《はもん》の縁《ふち》を指さした。

光三郎は、またどきりとした。

「なにが、ここだよ」

「ここに、生き物がいる」

頭から冷水《ひやみず》を浴びせられたほど、光三郎は驚いた。白石瑞祥と同じことを平次郎が言ったからだ。

「どうだい、どんぴしゃかい」

平次郎が、得意そうな顔で、光三郎を見ている。

「おまえも、剣相を観《み》るのか……」

「まあ、観ねぇこともない。これぐらいのことは、刀鍛冶なら、誰だって知ってるさ。生き物でも、こいつは、鳥だな」

刃に顔をちかづけて、じっと見ている。

「白石先生あたりなら、鵺《ぬえ》と観たかね。こんな物騒《ぶっそう》な剣文《けんもん》が出ているようじゃ、持ち主は、どうしたって長生きしねぇぜ」

光三郎は、またしても鳥肌が立った。背筋が寒くなった。

「おい。やめてくれよ……」

たしかに、そのあたりの刃文の縁には、細かい沸《にえ》の粒がびっしりついていて、それがほつれ、ほやけているところに地景《ちけい》と金筋《きんすじ》が入り、なんだか気味の悪い鳥のかたちに見えるのだ。

「どうやら、図星らしいね」

うれしそうに、また刀を見つめている。

「ああ、ここ。ここもよくないな」

こんどは、切先を指さした。

「ここの鋩子《ぼうし》のさきに、顔がある」

「………」

それも、白石瑞祥から指摘されたことだ。

「顔だってね、場所によっちゃ開運の大吉になるんだが、これは、場所がよくない。鋩子なんかにあっちゃ、親不孝だ。早く手放さないと、親御さんになんか困ったことが起こるかもしれないぜ」

鋩子とは、切先のなかにある刃文のことだ。丸くなっていたり、とんがっていたり、あるいは崩れて乱れていたりと、いろんなかたちがある。

虎徹は、ときに、先を箒《ほうき》でさっと掃き掛けたような鋩子を焼く。この刀では、掃き掛けた細かい筋の乱れたむらがあって、気味の悪い人間の顔が浮かんで見えるのだ。

白石瑞祥に指摘される前から妙な形だと思っていたのだが、言われてみると、顔に見えてしまうから不思議だ。

「ああ、こっちもひどいな。盗難の相に、火難の相ときてる。うん、持ち主が怪我するってのは、ここに出てるな。おまえさん、指の怪我くらいですんでよかったよ。よく首が落ちなかったもんだ」

真顔で平次郎にいわれて、光三郎は震えあがった。

四

師走もなかばになって、江戸の町が急に寒くなった。空はあいかわらず青くよく晴れているが、夜の冷え込みが厳しい。

寒いせいか、虎徹の祟りのせいか、吉兵衛の腰のぐあいはいっこうによくならない。虎徹がちょうじ屋に来てから、ずっと寝たきりになってしまった。

寝床のわきにようすを見に行っても、つい虎徹の話になる。

「お義父《とう》さんの腰は、やっぱり、祟りでしょうか」

「なにを弱気なことを言っているんですか。寒いからに決まってるでしょう」

吉兵衛がめずらしく眉間に皺を寄せた。ちかごろ、光三郎はじぶんでも情けないくらい、祟りが気になってしょうがない。

「そんなに気になるんなら、すぐに売ればいいじゃないですか。あれだけの虎徹です。買い手は、いくらでもいますよ」

「はい。そうなんですが、それもすっきりしなくて……」

あの虎徹は、まちがいなくよい虎徹である。だれがどう見立てても、長曾祢虎徹円熟期の上出来の作である。

鳥の姿が見えるとか、顔が見えるとか、それは大いに気のせいのように思える。

むろん、そんな模様がくっきり見えるはずはなく、光にかざして、あっちに向けたり、こっちに反射させたりしていると、なんだか、そんなふうに見えてくるという程度である。沸粒《にえつぶ》のむらや、金筋など刃中の働きから、たまたまそんな絵が浮かんでくるだけだ。

だから、気にしなければよい。

しかし、どうしても気になってしまう。

じぶんがいやな刀を、客に押しつけるわけにはいかない。

光三郎は、吉兵衛の部屋にある仏壇の前にすわり、線香を立てて拝んだ。

仏壇のなかには、吉兵衛の父母、ご先祖、それに、何年か前に亡くなった妻の位牌《いはい》がある。

──どうか、これ以上もうなにも悪いことが起きませんように。家内安全で過ごせますように。

手を合わせて拝んだ。

「若旦那様に、お客さまがお見えです」

小僧が呼びに来たので店に出ていくと、光三郎の実家黒沢家の用人加納嘉太郎《かのうかたろう》が土間に立っていた。

暗い顔をしている。

「どうしたんだ、いったい？」

「殿様が、お倒れになりました」

「なんだって……」

虎徹が祟ったのだろうか。そうは思いたくない。

「今朝方、厠《かわや》に行かれたとき、倒れられて……」

「亡くなったのか……」

「いえ、息はなさっておいでですが、とても弱々しく……、あまりのことに、とにもかくにも、お知らせをと思いまして」

「そうか……」

どのみち勘当された身である。父親が死んだところで、葬式にだって行くわけにはいかない。

しかし、いまの光三郎には、嘉太郎の配慮が身に染みてありがたい。

もとより、父黒沢勝義《かつよし》のことは憎んでいる。飛び出したのは、正宗《まさむね》の刀についての目利きで衝突したからだ。

しかし、親として考えれば、情がなくもない。

嫌いな男ではあるが、倒れたとなれば不憫《ふびん》である。もう、死に目にさえ会えないのだと思えば、すこしこころの根が潤《うる》む。

「よく、知らせてくれたな」

「奥様も、弟君勝忠《かつただ》様も、ほんとうは、勝光《かつみつ》様に戻っていただきたがっておられますゆえ、とにかくお知らせしてこいとのことで……」

勝光というのが、武士としての光三郎の名であった。

「そうか……」

黒沢の家に帰るつもりはまったくない。お城勤めのくだらなさは、数年間の見習い働きでたっぷり知った。

黒沢の家を飛び出して、そろそろ一年。

日々、好きな刀を眺めていられる刀屋のほうがよほど気楽だと思ってはじめたが、刀屋の世界は刀屋の世界で、おのれの節《せつ》を曲げなければならないことがある。

剣相などというろくでもないものは、さらさら信じていないし、できれば罵《のの》りたいくらいに嫌いだが、客に求められれば、そういうわけにもいかない。無理にも笑顔をつくって、剣相の鑑定書を添えて刀を売る。

世の中は、煩《わずら》わしい。

城内でも、町でも、それはどうやら同じのようだ。ちかごろ、ようやくそのことが分かった。

しかし、もう宮仕《みやづか》えはできない。黒沢の家にはもどれない。

「正式に届けた勘当だ。二度と帰れるものか」

「ごもっともですが、あらためて別の名で養子縁組をするなど、お目こぼししていただく抜け道がございましょう」

光三郎の弟の勝忠も、宮仕えが嫌いだ。

剣術が下手な代わりに、絵がうまくて、専門の師匠について習っていた。

絵師としてやっていけるだけの資質があるといわれ、その気になっていたが、兄のじぶんが飛び出してしまったので、弟は絵師の道を断念して家を継がなければならなくなった。

――おれは、わがままだな。

じぶんの勝手のせいで、いろんな人間に迷惑をかけているのだと気づいた。

「知らせてくれて、ありがとう。陰ながら、親父の無事を祈っているよ」

「はい……」

茶も飲まずに、嘉太郎は帰って行った。

「お父様、お悪いんですの」

ゆき江が店に茶をはこんできた。

「もう、父親じゃない……」

熱い茶が、喉から腹にしみわたった。

表の障子をゆする風の音をしばらく聞いていた。昼すぎだというのに、今日は客がひとりも来ない。これも、虎徹の祟りだろうか。

障子に、駕籠《かご》の影がさした。店の前で人が降り立って、すっと障子が開いた。

白石瑞祥だ。

「やぁ」

「いらっしゃいませ」

「どうしたね、うかぬ顔をしておるな」

「はい……」

光三郎は、そのまま黙りこんでしまった。

「このごろ三田《みた》のお屋敷に呼ばれることが多くてな、今日もその帰りなんだが、吉兵衛さんはいるかね。あの人の刀の鑑定は、拝聴に価《あたい》するよ。先だって、久しぶりに聞いたら、格別おもしろかった。また、聞かせてもらおうと思って来たんだが」

「あいにく本日は、腰を痛くして奥で伏せっておりまして……。起こしてまいりましょうか。肩につかまれば歩けぬことはありませぬ」

白石が首を振った。

「それはいかん。わしは刀の話がしたいだけのこと。大事に寝ているように伝えてくれ」

「かしこまりました」

「しかし……」

「は？」

「腰痛とはな……。なにがあったことやら」

くちびるを曲げた白石が、首をひねった。

「なにをおっしゃいますか、ただの腰痛です。寒くなりますと、いっそうひどいようで」

「そうかな……」

「………」

「すわらせてもらっていいかね」

「これは失礼いたしました」

光三郎が目くばせをすると、店にいた小僧が、座布団を店座敷の真ん中に置いた。

「いや、ここでけっこう」

そのまま框に腰をおろした。小僧が座布団と手あぶりの火鉢をそばに運んだ。

「わしには、どうにも、あの虎徹が祟っておるように思えるのだがな……。ほかに、なにか変事はないかね」

「はい……」

しばし、光三郎は沈黙した。

風の音ばかりが響いている。今年の冬は、ことのほか寒さが厳しい。

小僧が茶をもってきた。白石が茶碗を両手で丁寧に持ってすすった。

「なにごともなければよいがな」

「……………」

「若い御仁は、剣相など当たるものかと馬鹿になさっておいでやもしれんが、手相、人相に理《ことわり》のあるごとく、剣相にも深甚《しんじん》なる宇宙の理があるものでな」

「はぁ……」

「そもそも、刀剣を鍛えるには、木火土金水《もっかどごんすい》の五行相生《ごぎょうそうしょう》こそ肝要。そのことに、ご異論はなかろう」

「ええ……」

刀剣の鍛錬には、木の炭で火を熾《おこ》し、土の火床《ほど》で鉄《かね》を溶かし、水で焼き入れをする。

たしかに木火土金水の五行と合致している。

「では、鍛冶が振り下ろす鎚《つち》は鉄のなかの、いったい何を引き出しておるかは、ご承知であろうな?」

「はて……、いえ……」

鍛冶が、山吹《やまぶき》色に蕩《とろ》けた鉄を叩《たた》くのは、鍛錬のためだ。不純物を取り出し、鉄としての粘りを出すためだ。

しかし、なにを引き出すというのだろう。

「鎚の一振りは、宇宙の精妙なる気を引き出す一振り。鍛冶は、乾坤一擲《けんこんいってき》、宇宙と合一し、気を引き出して刀剣に込める。このことも、ご異存あるまい」

「はぁ……」

そう言われれば、そんな気もする。清麿だって、ふだんはどうしようもない酔っぱらいだが、刀を打つときは、驚くほど気合いが充実している。

「鞴《ふいご》の一押しは、乾坤のあわいに風をながす。風吹いて、火が熾り、火が熾《お》きて鉄を蕩かす。焼き入れの水は、鉄と火のへだてなき和合をもたらす。これすべて、斎戒潔斎《さいかいけっさい》した鍛冶が、宇宙星辰《せいしん》の気韻《きいん》をたぐり寄せておこなう神韻縹渺《しんいんひょうびょう》のわざなり」

しずかに語る白石の顔が、引き締まって見えた。

「わずかでもこころのゆるみがあるなら、刀身に如実にあらわれる。どんな天才鍛冶といえども、例外ではない。名工虎徹にして、たまさか、弟子の鎚の一振りが弛《ゆる》むことあり、また鞴の風の滞《とどこお》ることあり。それが刀の肌、焼き刃に、おそろしいほどくっきりとあらわれるのだ」

「………」

「剣相家は、それを読み解くのが仕事。わしは、生涯をそのことに捧げておる」

なるほど、たしかに、刀の鍛錬は緻密《ちみつ》な仕事の積みかさねである。

材料の刃鉄《はがね》にはじつに入念な選別が必要だし、炭にしても、清磨などは、炭焼きの職人まで指定して買いつける。そうでなければ火床の火のぐあいが満足できないらしい。

鍛冶のわずかな気のゆるみが、刀剣の肌にあらわれるのは、まったく当たり前の話だ。

だとすれば、剣相鑑定にも、大いに真実が込められているかもしれない。

「わしは、これでも、若いころから修験《しゅげん》の修行を積んでおってな。この歳でも、春秋の山ごもりと毎朝の水垢離《みずごり》は欠かしたことがない」

わきに置いてある手あぶりの火箸《ひばし》をつかみ、しばらく灰をいじっていたかと思うと、白石が小ぶりな炭をひとつ挟んだ。

真っ赤に熾った炭を見つめ、小さく気合いをかけると、炭をじぶんの掌《てのひら》にのせた。

しばらく転がしている。

ゆっくりと火箸で挟み、火鉢にもどした。

「まあ、これくらいの修養ができておらぬようでは、口幅《くちはば》ったいことはいわぬ」

「……………」

「あの虎徹、持っておると、人に祟る。よろしければ、わしが預かって祈禱《きとう》いたすが、いかがかな」

「……えっ」

「あれだけ悪相が強い刀を、素人が持っていると、難事、災厄《さいやく》に見舞われるばかり。もっとたいへんなことが起こるかもしれぬ」

光三郎は喉を詰まらせた。とろりとした白石の眼が、こちらを見すえている。

「すでに、どこかで祈禱は受けられたかな？」

白石の眼が、光三郎の親指に巻いた白い布に落ちた。

芝の神明宮でお祓いしてもらったが、そのあとで、父が倒れた。ふつうの神社の霊験《れいげん》では足りないのだろうか。

家の仏壇には、毎朝、線香と仏飯《ぶっぱん》をそなえて供養しているし、店の神棚には、灯明《とうみょう》と水をそなえて拝んでいる。そんなことでは祓えないほどの悪因縁《あくいんねん》があるというのか。

「どうじゃ、なにか、災厄が起きてからでは遅いぞ。その指の怪我は、どうなさったのだな」

「いえ……。いや……。たいしたことではありません」

「そうだ。だれもが、最初はちいさなことだと見過ごしてしまう」

白石がうなずいた。

「それがいつの間にか、大きな災厄を招く。小さな厄の陰には、大きな魔物が潜んでいるのだ。そういうものだ」

そこで、口を閉ざした。月代《さかやき》を撫《な》でている。いかにも聡明そうな額だ。ことばに説得力がある。

悪い男ではないのかもしれない。

「わしがお祓いすれば、あの虎徹の大凶相を、吉相に転じることもかなう。いや、あれだけの強い凶相だ。わしも、命を削って加持祈禱せねばならぬ。しばらく、どこぞの山の堂に籠《こ》もって修法《ずほう》つかまつることになろう」

光三郎は黙した。返事ができなかった。

「まさか、疑《うたご》うておるのではなかろうが、わしは屋敷を構え、門人を抱える身。万が一にも刀を騙《だま》し盗《と》ったりするなどということはない。真言《しんごん》修験の徒《と》として、あの大凶相に立ち向かってみたいと真摯《しんし》に思うたまで」

「…………」

「まあ、考えておくがよい。飯田町の屋敷に持ってくれば、修法に取りかかろう。……その前に、悪いことが起きなければよいがな」

「ようけたまわりました。ありがとうございます」

立ち上がった白石に、光三郎は両手をついて頭をさげた。

供の者をひきつれて出ていくと、店のなかは、また、障子を鳴らす風の音だけが聞こえた。

火鉢に手をかざし、光三郎はため息をついた。

剣相など、まったく信じるつもりはない。

しかし、いちど纏《まと》わりついてしまった忌《い》まわしい思いを払拭《ふっしょく》するには、祈禱でもしてもらい、すっきりするのがいいかもしれない。

そんなことを、ぼんやり思った。

障子が開いて、客が入ってきた。

細田平次郎だった。

「なんだよ、ぼうっとしやがって」

「ああ、ちょっとな……」

「いま、ここから出て行ったの、白石瑞祥じゃねぇのか」

「見ていたのか……」

「へん。おまえのこと、あんまりいじめても可哀《かわい》そうだと思ったからよ、わざわざ来てやったら、なんでぇ、犬の糞《くそ》踏んづけて転んで、馬糞《まぐそ》つかんだみたいな顔しやがって」

「いじめて……、可哀そう……、ってのは、なんだ」

「けっ、ほんと、旗本のお坊ちゃま育ちってのは、ご苦労がなくてよござんすね」

「なんだい、いったい？」

「こないだの虎徹のことさ。おまえさん、まさか、白石瑞祥のことばを真《ま》に受けてるんじゃないだろうな」

「い、いや……」

真に受けるつもりなどない。ただ、ちょっと、いやな感じに取り憑《つ》かれているだけだ。

「だって、おまえも、瑞祥と同じこと言ったじゃないか。清磨親方だって……。剣相ってのは、けっこう当たるかもしれないと……」

「けっ。親方もおれも、ちょっとからかっただけさ。おめぇが、あんまり深刻な顔してたからよ」

「そ、そうなのか……」

「で、瑞祥の親爺《おやじ》はなんだって？」

「……祈禱してやるってさ」

「頼んだのか？」

「いや、まだだけど、頼んでもいいかと思っていたところだ……」

「ばか野郎。あいつに祈禱なんか頼んだら、何十両ふんだくられるか」

「ふん。ちゃんと刀の値段に合わせて、祈禱料をふっかけてくるよ」

「そんなに高いのか……」

「そりゃ……」

そうかもしれない。

「人を見て手口を変えやがるんだよ。――この刀の魔は、わしの霊験ではとても調伏《ちようぶく》不可能。ゆずってもらえるなら、わしから御嶽山《おんたけさん》に奉納して進ぜよう。なに、代価は支払う。それがわしの陰徳《いんとく》となり、ひいては霊力を高めることになる――なんてご託宣《たくせん》をたれてさ、安く買い叩くこともあるってよ」

「まさか……」

「相手が祟りを気にして弱気だと見抜けば自由自在。まあ、達者な男だよ、あいつは」

光三郎は、啞然《あぜん》として口がきけなかった。もう、かなり、白石瑞祥の罠《わな》にはまりかけていたということか。

「おれが来たのが、福の神の御入来《ごじゆらい》さ。万事、おれに任せな。悪いようにゃ、しねぇって」

ぽかんと口を開けたまま、光三郎は、平次郎の顔を見つめるしかなかった。

「虎徹をおれに貸せ」

「えっ」

「大凶を大吉にしてやるよ」

「………」

「急がせて、今年のうちに仕上げさせるから、大晦日《おおみそか》に取りに来な。来年は、運が開けて、大吉まちがいなしさ」

そう言うと、平次郎は虎徹を持って行ってしまった。

五

平次郎が、虎徹を持って行ったつぎの朝、ちょうじ屋に畳屋が来た。

まえに、行灯を倒して焦がした畳が、そのままになっていた。暮れのことで、畳屋が忙しく、後回しにされていたのだが、ようやく直しにやってきたのである。

奥のことはゆき江にまかせて、今年一年の売り掛けの帳面に算盤《そろばん》をいれていると、ゆき江がにこにこしながらあらわれた。

「禍福《かふく》は糾《あざな》える縄のごとし、ってほんとね」

「なんだいそりゃ」

「畳を上げたら、床下から、焼酎《しょうちゅう》の大徳利《おおどっくり》が出てきたのよ」

台所に行ってみると、土埃《つちぼこり》にまみれた一升徳利が二本、置いてあった。

持ってみると重い。中にたっぷり入っている。

「お父さんに聞いてみたら、床下に置いておいたら美味しくなるって教えてもらって、そのまま忘れていたんですって。どうなってるかしら？」

徳利の栓を抜くと、よい香りがした。湯飲み茶碗につぐと、黄色いとろりとした液体が流れ出た。

「もう、二十年も昔のだって」

舌の先で舐《な》めてみると、絶品の古酒に熟成している。こんなまろやかな酒は飲んだことがない。

「ねっ。悪いことばかりじゃないわよ。悪いことのつぎは、いいことに決まってるわよ」

「そうだな。たしかにそのとおりだ」

光三郎は、二本の大徳利に励まされた気がした。

それから、二日たって、店に老人がやってきた。

小僧の梅吉が、刀を届けて代金をもらい、帰りがけにその金をすられた家の隠居《いんきょ》であった。

「庭を掃除していたらな、落ち葉の下からこれが出てきた」

さしだしたのは〈ちょうじ屋〉と縫い取りのあるぶ厚い茶木綿《ちゃもめん》の財布《さいふ》である。集金のとき、小僧に持たせるものだ。

「あのとき、あんた、わたしの盆栽《ぼんさい》を見て帰っただろ」

隠居が梅吉にいった。梅吉が、あんぐり口をあけてうなずいた。

「そういえば……」

「若いのに盆栽が好きだなんてへんな小僧さんだと思っていたが、熱心に見てて落としたんだろう。すっかり落ち葉に埋もれていたよ」

湿った財布の中をあらためると、代金がそのまま入っていた。

「しっかりしてくれよ、まったく」

光三郎はあきれるしかなかった。

「申しわけありません」

梅吉がひたすら謝ったので、ひとしきり小言《こごと》をいって許すことにした。

「まあ、いいさ。見つかったんだから、目出度《めでた》いや」

隠居には、焼酎の古酒を一本持って帰ってもらった。酒好きらしく、たいそう喜んでくれた。福を分けたようで、気分がよかった。

なんだか、すこしずつ大凶から抜け出している気がした。

暮れが押しつまって、寒さがやわらいだ。

暖かい日が多くなってきたせいか、吉兵衛の腰のぐあいもよくなっている。無理はできないが、家のなかなら歩けるぐらいに回復している。

「もう、春がそこまで来ていますね」

店の帳面を見せに行くと、縁側で日向《ひなた》ぼっこしていた吉兵衛がつぶやいた。

「この師走は、なんだか虎徹に誑《たぶら》かされてしまったようです。剣相なんか信じていなかったのに、白石瑞祥の口車に乗せられて、まったく馬鹿みたいです」

「生きていれば、吉のときばかりじゃない。凶が続くときもありますよ。大切なのは、吉か凶かじゃない。そのとき、そこで、どうするかっていうことです」

「そうですね。まったくそのとおりです」

「大吉だと喜んで慢心していたら、どんな強運も逃げてしまいます。大凶でも、こつこつ努力を積みかさねたら、いつか大吉がつかめます」

「ほんと、そうですね。お恥ずかしいかぎりです」

吉兵衛とならんで暖かな陽射しを浴びていると、なんだか、どんな苦しい時でもがんばれそうな気がしてきた。

実家の用人加納嘉太郎がちょうじ屋にやってきて、父親に大事がなかったと告げたのは、その翌日だった。

養生《ようじょう》して、いまは、ふつうに食事ができるまでに回復したという。医者は、もう安心だといったそうだ。

「今年は、外国船の来航が多く、御腰物奉行のお役のことばかりでなく、あれやこれやと御用繁多にて、お疲れだったようです。大事にいたらずなによりでした」

そう聞いたときは、さすがに光三郎もほっと安堵《あんど》した。

ちかくの神明宮にお礼参りに行くと、もう梅《うめ》の木の蕾《つぼみ》がふくらんでいた。


大晦日に、光三郎は、四谷伊賀町の清麿の鍛冶場に行った。

「おう。疫病神《やくびょうがみ》、来たか」

酒を飲んでいた清麿が大声で迎えた。ずいぶん機嫌がいい。

「できてるぜ。見てみろよ」

細田平次郎が、白鞘《しらさや》をさしだした。

光三郎は、鞘を払って刀身をながめた。目をちかづけてよく見つめた。

「えッ」

じぶんの目を疑った。凶相がすっかり消えている。

「これ、同じ刀……、だよな」

平次郎にたずねた。

「あたりまえだ。こんな上出来の虎徹がおいそれとあってたまるかよ」

「鵺《ぬえ》も、人の顔も消えてる。どうしたんだい、いったい？」

「まったく、おめでたい刀屋だぜ。おめぇ、長生きするよ」

「どうしたのか、教えてくれよ」

「へん。もとはといえば、あの白石瑞祥のいたずらさ。あいつが、まだ銭のなかったころ、研師《とぎし》とつるんで、こんな細工をしやがったんだ」

「あっ、研師か……」

　腕のいい研師なら、仕上げに使う刃艶《はづや》砥や、磨き棒を駆使して、あれぐらいの文様《もんよう》はつけるだろう。

「あれこれ難癖をつけて安く買い叩き、また高く売る。そんなことをくり返して、その虎徹、あちこち人手にわたっていたんだな」

「それをおれが買ったってわけだ」

「たまたまおめえさんの店で見かけた白石のほうが、じつはよっぽど驚いてたんじゃねぇかな。こいつは、ひと儲けできるかもしれないとほくそ笑んだだろうよ」

「なるほどな、そういう悪党か、あいつは……」

「こうやってきちんと研《と》いでみれば、どうだい、すっきり大吉相の虎徹大明神ってところじゃねぇか」

「いや、まったくだ。これなら、来年の開運は、まちがいなしだな」

光三郎は、しげしげと刀をながめた。まったく惚れ惚れするほどいい刀だ。

「しかし、それにしたって……」

刀を鞘におさめて光三郎はつぶやいた。

「あの白石という男は、なんだか、人のこころを読むようで、薄気味悪い。それに……」

炭を掌でころがしたところなんぞ、ただ者ではないと思ってしまった。もうすこしで、あの男の罠にはまるところだった。

そのとき、台所から、おとくが部屋に上がってきた。

「ちょっとごめんなさい。火種《ひだね》をくださいね」

火鉢にかかったちろりをどけて、炭を取ろうとしたが、火箸が見あたらない。

「まっ、いいわ」

おとくは、炭を指でひょいとつまむと、左右の掌で交代に転がしながら台所にもどった。

「えっ」

光三郎は、とてつもなくへんなものを見た気がした。

「おとくさん、修験の行者《ぎょうじゃ》かなんかだったかい？」

「なに寝ぼけたこと言ってやがる。ただの鍛冶屋の女房だよ。炭なんぞ、いつも素手でつまんでいるさ」

清麿が、つまらなそうに杯をかたむけた。
明日は、もう正月。初春《はつはる》である。

主な参考文献

「折紙の話」佐藤貫一（『日本刀全集　第四巻』所収　徳間書店　一九六七年）
『日本刀名工伝』福永酔剣　高千穂書房　一九七二年

※取材にあたりまして、小笠原信夫氏（元東京国立博物館刀剣室長）、藤代興里氏（研師）、河内國平氏（刀匠）から、貴重なお話をうかがわせていただきました。ありがとうございました。

※鍛冶平こと細田平次郎直光は実在の人物で大慶直胤の門人です。清麿の弟子としたのはフィクションです。

解説

末國善己

日本刀は、〝武士の魂〟といわれる。だが、源平合戦の昔から恩賞として家臣に贈られることもあった刀剣は、切れ味、刃こぼれしないといった実用性と同じくらい、鑑賞用として、稀少性はもとより地鉄《じがね》や刃文《はもん》の美しさなども愛《め》でられていた。

特に、戦乱が終わった江戸時代に入ると、刀剣は美術品、贈答品としての価値が重視されるようになり、鞘《さや》、柄《つか》、鐔《つば》などの装飾品にも趣向を凝らすようになる。美術品としての日本刀に着目した本書『狂い咲き正宗《まさむね》』は、徳川将軍家の刀剣を管理する御腰物奉行《おこしのものぶぎょう》・黒沢勝義《くろさわかつよし》の嫡男で、将来を嘱望されるほどの鑑定眼を持っていたにもかかわらず、徳川家の宝剣・本庄《ほんじょう》正宗が「相州鎌倉の住人正宗の作」ではないと言ったことで勘当され、町の刀屋ちょうじ屋の婿になった光三郎《こうざぶろう》が活躍する連作集である。

江戸初期の刀工・長曾祢興里《ながそねおきさと》（後の虎徹《こてつ》）の生涯を描いた『いっしん虎徹』を書いた山本兼一だけに、各章には古今の名刀に関する情報も満載。特に刀剣や剣豪小説が好きなら、思わず唸《うな》ってしまうはずである。現在でも贋作《がんさく》が多い刀剣ビジネスの世界に飛び込んだ光三郎が、一筋縄ではいかない刀剣マニアと丁々発止《ちょうちょうはっし》のやり取りを繰り広げるだけに、コンゲーム（騙《だま》し合い）をテーマにしたミステリーが中心になっているが、せつない恋愛話や刀工の仕事に迫った技術の話なども織り込まれ、一作ごとに趣向を変えているので、著者の確かな手腕を感じることができるだろう。

巻頭の「狂い咲き正宗」は、光三郎が勘当される切っ掛けになった因縁の本庄正宗が折れ、黒沢勝義から本庄正宗と瓜二つの刀を探すことを頼まれることになる。

本書は、ペルリ率いる黒船が日本に来航し、武士が再び刀剣に注目し始めた幕末が舞台になっている。混迷の時代ゆえに本庄正宗も、兜《かぶと》、具足胴《ぐそくどう》、鹿の角といった固い物を斬《き》って吉凶を占う「堅物試《かたものだめ》し」に出されることになり、試し斬りをしていた時に折れてしまったという。正宗を否定する光三郎を勘当した勝義が、贋作でも構わないから正宗を探す皮肉な展開になっているが、商人として生きる決意を固めている光三郎は依頼を受け、報酬として五千両を要求。当然ながら、御腰物奉行に支払える金額ではないので、これをどのようにして取り立てるかが、本作の眼目となっている。実の父親であっても情け容赦なく〝罠〟を仕掛ける光三郎の悪党ぶりが痛快で、光三郎が権威にしがみつく武士をやり込める本書のテーマが凝縮した作品となっている。

続く「心中むらくも村正《むらまさ》」は、〝妖刀《ようとう》〟として有名で、サブカルチャーの世界では世界的に名を知られている村正を題材にしている（一九八一年にアメリカで制作されたコンピューター用ロールプレイングゲームの元祖のひとつ「Wizardry」にも、武器として Muramasa Blade が登場する）。南町奉行などを歴任した根岸鎮衛《ねぎしやすもり》の随筆集『耳嚢《みみぶくろ》』にも、「村政（注・村正）の刀御当家（注・徳川家）にて禁じ給ふ事」という一章があるので、徳川家が村正をタブー視していたことが広く知られていたと分かる。

そんな村正を、黒沢勝義の部下・石田《いしだ》孫八郎《まごはちろう》が持っていたことが発覚。下手《へた》をすれば勝義の責任問題にも発展しかねない事態だが、孫八郎は「吉原の花魁《おいらん》からあずかった」と言うだけで詳しい事情を話そうとしない。勝義に頼まれた光三郎は、吉原に通って真相を調べることになるのだが、やがて庶民の命など歯牙《しが》にもかけない権力者の横暴や、没落しても家宝の刀を守ろうとする人間の情念が浮かび上がり、ささやかな幸福を求めた孫八郎と遊女にも運命の変転が訪れるので、やるせなさも募る。

事件解決のため何度も吉原に通う光三郎に、新妻のゆき江《え》が激怒。嫉妬深いゆき江と光三郎のユーモラスなやり取りは、本書のもうひとつの読みどころとなっていく。

「酒しぶき清麿《きよまろ》」は、光三郎も認める名工でありながら、名人気質《かたぎ》ゆえに気が向いた時にしか仕事をせず、いまは酒びたりになっている山浦《やまうら》清麿に焦点を当てている。

清麿は、水心子《すいしんし》正秀《まさひで》、大慶直胤《たいけいなおたね》と並び〝江戸三作〟と称された実在の名工で、四谷伊賀町（現・新宿区四谷三栄町あたり）に住んでいたことも、「四谷正宗」の異名で呼ばれていたことも史実である。酒好きだった清麿には、酒毒で作刀ができなくなったことを悲観して自殺したとの説もあり、著者は、この巷説を踏まえて「酒しぶき清麿」を書いたと思われる。

清麿の弟子を自任する光三郎は、清麿のもとを逃げ出した女房おとくを品川宿で発見。おとくが家に帰れば清麿が仕事を始めると思った光三郎は、おとくの説得を始めるが、そこで意外な話を聞くことになる。喧嘩《けんか》ばかりしていても実は仲がよかったり、仲睦《なかむつ》まじく見えるものの本当は冷えきっていたりと、夫婦の関係は他人からはうかがい知れない部分がある。清麿とおとくの仲も、常識でははかりにくいが、深いところで繋《つな》がっているので、異色の純愛物語として楽しめるのではないだろうか。

「康継《やすつぐ》あおい慕情」は、黒沢勝義から、徳川家の初代お抱え刀工だった「康継」の売却を頼まれるところから始まる。希望の売値は五百両。相場より少し高い値付けだったが、光三郎は康継を探していた同業の相州屋《そうしゅうや》に五百両で売ることに成功。これで一件落着と思いきや、勝義から裏の事情を聞いた光三郎は、知らぬ間に康継を巻き上げる陰謀に加担させられたことを知る。ここから、光三郎のリベンジが始まるのだが、終盤になると、一見すると単純な計画のなかに、相手を欺《あざむ》くためのトリックが幾重にも張りめぐらされていたことが明かされるので、驚きも大きいはずだ。

国広《くにひろ》コレクターの内藤伊勢守《ないとういせのかみ》と虎徹コレクターの栗山越前守《くりやまえちぜんのかみ》の争いを描く「うわき国広」は、二人のマニアの狂乱にさすがの光三郎も手を焼くことになる。マニア（mania）

はギリシャ語で「狂気」を意味するというが、それも納得できるだろう。

フランス文学者の辰野隆《たつのゆたか》は、一九三二年に発表したエッセイ「書狼書豚《しょろうしょとん》」のなかで、愛書家は「書癖」「書痴」「書狂」「書狼（ビブリオ・ルウ）」「書豚（ビブリオ・コッションン）」の順に病が高じていき、最も重症になると「世界に二冊しかない珍本を二冊とも買取つて一冊は焼捨ててしまはねば気がすまなくなつて来る」と書いている。「うわき国広」に登場する内藤伊勢守と栗山越前守は、いわば〝刀豚〟の域に達しているだけに、巻き起こす騒動も常軌を逸している。マニア、コレクターの生態を活写しているだけに、蒐《しゅう》集癖《しゅうへき》がない人にはユーモア小説に思えるかもしれないが、多少でも何かを集めた経験があれば、身につまされるのではないだろうか。

「浪花《なにわ》みやげ助広《すけひろ》」は、「康継あおい慕情」と同じコンゲームものだが、闘う相手が詐欺商法の常習犯なので、光三郎も苦戦を強いられることになる。

大坂で買った「助広」を売りたいという客が店に来たものの、刀はすべて贋作だった。客が浅草の刀屋しらなみ屋の言葉を信じ、借金をしてまで贋作の助広を買ったことを知った光三郎は、早速、しらなみ屋に乗り込むが、贋作を見抜いたと思ったのも束の間、敵の〝罠〟が見抜けず、詫《わ》び証文《しょうもん》を書かされる恥辱を味わってしまう。しらなみ屋の手口は、既に買い手が決まっている、あるいは絶対に値上がりするので損をしないなどと言って、未公開株や債券、原野を売り付ける詐欺商法に酷似している。現代では、同じような詐欺事件がなかなか摘発されないだけに、光三郎が大掛かりな仕掛けを用意して、しらなみ屋に立ち向かう展開は爽快な気分にしてくれるだろう。

「だいきち虎徹」は、同じ刀剣鑑定でも、真贋や値段ではなく、吉凶を占う「剣相」を題材にしている。明治時代に、幽霊、妖怪、超能力といった超自然現象をことごとく否定した井上円了《いのうええんりょう》は、『続妖怪百談』のなかで剣相を「近世剣相といふこと行なはれて其持主の性によりてこの剣は災ありこの刀は福徳ありなどと言ひて人を惑し金銭を貪るの族《やから》あり」と痛烈に批判、「箇様《かよう》のことに惑ひて心を労し金銭を費すことなかれ」と警告している。普段は合理主義者の光三郎だが、剣相家の白石瑞祥《しらいしずいしょう》に、買ったばかりの虎徹が「大凶」と言われ、その直後から次々と不幸に見舞われるので動揺してしまう。人生は才覚や努力だけでなく、〝運〟に左右されることも珍しくないので、人は神仏や占いに頼りたくなる。「だいきち虎徹」は、こうした人間の弱さを認めながらも、最後に頼れるのは日常の積み重ね、つまりは自分の力であることを示しているので、作品の掉尾《ちょうび》にふさわしく前向きな気分で読み終われるのが嬉しい。

光三郎が、実父の黒沢勝義と決別する原因になったのは、徳川家が秘蔵している正宗の真贋を疑ったことである。光三郎の主張は、宮内省《くないしょう》（現・宮内庁）の御剣掛《ぎょけんがかり》も務めた今村長賀《いまむらながよし》が一八九六年に唱えた、いわゆる〝正宗抹殺論〟がベースになっている。今村は、正宗の銘が刻まれた真作を見たことがない、足利義満の時代に最高の鑑定家だった宇都宮参河入道《うつのみやみかわのにゅうどう》が選んだ百八十二人の名工のなかに正宗が入っていない、正宗が名工と言われ始めたのは豊臣秀吉《とよとみひでよし》の時代以降であり、これは刀剣鑑定家の本阿弥《ほんあみ》家が秀吉の指示で折紙（鑑定書）を捏造《ねつぞう》したからであるといったことを根拠に、正宗を否定したのだ。研究が進み、現在では否定されている〝正宗抹殺論〟だが、それをあえて光三郎に語らせたのは、無銘《むめい》の刀であっても、美しさや切れ味を評価することはできるのに、本質を見ようとせず、ただ折紙のみを信用する武家の権威主義や事大主義を批判するためだったのである。だが、著者の批判は、武家だけにとどまるものではない。

光三郎が生きたのは、欧米先進国は既に銃器を大量生産しており、刀など国際紛争では無用の長物になっていた時代である。こうした変化を察知しながらも、幕府は軍備の改革を行うより先に、〝武士の魂〟たる刀の神通力で夷狄《いてき》を打ち払おうとした。〝伝統〟を絶対視するあまり〝改革〟が遅れるのは日本のお家芸で、銃剣突撃の白兵戦で勝利した日露戦争の体験を、兵器の性能が飛躍的に進歩した太平洋戦争でも踏襲し、死体の山を築いて敗戦への道を進んでいる。これは、高度経済成長期の成功モデルだった大量生産、高機能・高価格主義を守り続けたため、いわゆるガラパゴス化し、国際競争力を失いつつある現代日本の製造業もさほど変わっていないといえる。

著者が、黒船来航という時代のターニング・ポイントを舞台に、日本人の精神性や美意識を体現する一方、因習固陋《いんしゅうころう》の象徴にもなっている日本刀が織り成す物語を紡いだのは、〝伝統〟と〝改革〟はどのようなバランスであるべきなのかを問い掛ける意図があったように思えてならないのだ。

もうひとつ忘れてならないのは、光三郎の心境の変化である。規則や慣例に縛られている武士を捨てた光三郎は、経験と智恵だけを武器に傲慢な武家をやり込めるが、物語が進むにつれて、町人も、同業者の集まりには厭《いや》でも顔を出さねばならなかったり、顧客や武家にはどんな時も頭を下げ、愛想笑いのひとつもしなければならなかったりと、決して自由ではないことを実感する。これは宮仕えは苦労が多いかもしれないが、自営業者も決して楽ではないといっているにほかならない。

著者が二〇一四年に享年五十七の若さで亡くなってから十年が経つが、本書を読むと今もまったく古びていない現代性、普遍性に驚かされる。働き方改革を進める政府は、労働者が能力を柔軟に発揮できる兼業、副業、フリーランサーなど従来の雇用関係とは異なる働き方を改革の一つとして出しているが、これは光三郎のような葛藤を抱える人材を増やす結果になる可能性がある。また政府の経済対策で株価や大企業の給与は上がったが、アメリカのビッグテック企業のように国際市場を席巻するような製品やビジネスモデルを打ち出す日本企業は現れていない。これも光三郎が暴いた日本型組織の問題点が原因だけに、本書の単行本の刊行が二〇〇八年とは思えない生々しさがある。講談社文庫版（二〇一一年）の解説に「これからの日本は、ますますグローバル化の波に呑み込まれ、それに伴い、労働市場の流動化も加速していくだろう。光三郎の生きざまは、このような時代に、伝統とは何か、働く意味とは何かを教えてくれるのである」と書いたが、まったく修正する必要がなかった。

二〇一五年にスタートした日本刀を美男子に擬人化したゲーム『刀剣乱舞』が人気を集め、日本刀のファン層を若い世代に広げている。本書と続編の『黄金の太刀』には日本刀の魅力が詰っているので、刀剣に興味を持っている方は併せて読んで欲しい。

（すえくに　よしみ／文芸評論家）

狂《くる》い咲《ざ》き正宗《まさむね》
刀剣商《とうけんしょう》ちょうじ屋光三郎《やこうざぶろう》

朝日文庫

2024年7月30日　第1刷発行

著　者　山《やま》本《もと》兼《けん》一《いち》

発行者　宇都宮健太朗
発行所　朝日新聞出版
〒104-8011　東京都中央区築地5-3-2
電話　03-5541-8832(編集)
03-5540-7793(販売)
印刷製本　大日本印刷株式会社

Published in Japan by Asahi Shimbun Publications Inc.
定価はカバーに表示してあります

ISBN978-4-02-265155-6

落丁・乱丁の場合は弊社業務部(電話 03-5540-7800)へご連絡ください。

送料弊社負担にてお取り替えいたします。